UNE SECONDE DE TOUTE BEAUTÉ

DU MÊME AUTEUR

1. Délivrez-nous du mal
5. C'est toi le venin
6. Une gueule comme la mienne
7. Le tueur triste
8. Coma
9. Les scélérats
10. Le cauchemar de l'aube
13. Le cahier d'absence
14. Le monte-charge
15. La pelouse
16. Une seconde de toute beauté
17. L'homme de l'avenue
18. Toi qui vivais
19. Les bras de la nuit
21. Quelqu'un marchait sur ma tombe
23. Du plomb pour ces demoiselles
24. Les salauds vont en enfer
26. Ma sale peau blanche
27. Rendez-vous chez un lâche
28. La dynamite est bonne à boire
29. Cette mort dont tu parlais
31. Le maître de plaisir
32. Les séquestrées
35. La dame qu'on allait voir chez elle
36. La foire aux asticots (Kaput)
37. La dragée haute (Kaput)
38. Pas tant de salades (Kaput)
40. Le boulevard des allongés (L'Ange Noir)
41. Le ventre en l'air ! (L'Ange Noir)
42. Le bouillon d'onze heures (L'Ange Noir)
44. Dernière mission (Frédéric Charles)
45. La mort est leur affaire (Frédéric Charles)
46. La personne en question (Frédéric Charles)

FRÉDÉRIC DARD

UNE SECONDE DE TOUTE BEAUTÉ

FLEUVE NOIR

ISBN 2-265-06906-X

La mort ne vous concerne ni mort ni vif.
Vif parce que vous êtes.
Mort parce que vous n'êtes plus !

MONTAIGNE.

LES FAITS

CHAPITRE PREMIER

Lorsqu'il était enfant, il attendait toute la journée que sa vache ait mangé l'herbe galeuse d'un talus pour pouvoir boire son lait, et, un jour, il s'était demandé s'il n'existait pas un autre moyen que la vache pour transformer l'herbe en lait. Sa vie durant, il avait réfléchi au problème sans parvenir à le résoudre et sans en parler à quiconque. Il sentait qu'il allait bientôt mourir sur son échec, mais au fond de lui-même une obscure confiance veillait, bien qu'il eût déjà soixante-dix-huit ans et qu'il fut rivé à un fauteuil d'infirme.

Il entrouvrit les yeux, mais les referma aussitôt tant était vive la lumière de la véranda. Une barrière de clarté blanche au-delà de laquelle tournoyait un nuage de poussière ocre. La porte grillagée formait un écran dérisoire contre les insectes, car elle était en haillons. Le grillage aux mailles fines pendait en languettes pareilles à celles que forme le vieux papier peint lorsqu'il coule du mur qui l'a porté.

Tonton se pencha en geignant hors de son siège

d'infirme et sa main valide rama près de la grosse roue motrice jusqu'à ce qu'elle trouvât la bouteille de whisky posée sur le sol. Tonton dévissa le bouchon avec ses dents – il lui en restait une bonne douzaine, encore bien arrimées – puis il éleva le flacon très haut au-dessus de son dossier.

— Une petite goutte, Héléna ? demanda-t-il.

Personne ne lui répondit car il était seul dans la pièce. Il se mit à agiter la bouteille, écoutant d'un air extatique le léger clapotement du liquide dans le creux de sa grosse main tavelée de taches brunes. Le bras immobile, toujours brandi, il laissa s'apaiser le whisky. Il n'y eut bientôt plus que le zonzonnement renâcleur du ventilateur fixé au plafond. Par moments, le moteur de l'appareil se bloquait et l'hélice, paralysée, cessait d'être un tourbillon invisible pour retrouver ses immenses pales blanches criblées de chiures de mouches.

— Bois-en une goutte avec moi, Héléna, juste pour me tenir compagnie.

La bouteille se remit à trembler dans sa main osseuse. Les veines de son poignet, noirâtres, saillaient comme des plantes parasites plaquées à un tronc d'arbre. Un profond sanglot vint à tonton, qui ressembla un peu à une crise d'asthme. Il y eut une altération de sa respiration, puis son souffle se fit de plus en plus bref et violent.

— Héléna ! Oh ! Héléna…

Il voulut pleurer, les yeux lui brûlèrent, mais aucune larme ne perla à ses paupières flasques.

— Héléna, ma petite, où es-tu, maintenant ?

Il se tut, terrassé par sa question. La réalité était si simple, si cruelle, si inacceptable… Pour surmonter sa défaillance, il but une longue lampée d'alcool. Mais le whisky ne lui fit aucun effet. Ce n'était plus, à cause de son chagrin, qu'un insipide liquide.

Tonton reposa la bouteille et actionna les roues motrices de son fauteuil pour aller brancher l'électrophone posé sur une console de bambou. Un disque se trouvait en permanence sur le plateau de l'appareil. Une musique grecque s'éleva, une musique de son pays, au long de laquelle couraient les notes grêles d'une flûte. Tonton revoyait ses montagnes macédoniennes écrasées de lumière, avec les champs couleur de paille mûre et les oliviers grisâtres dans lesquels grondaient d'invisibles cigales. Ici aussi, il y avait le soleil, les couleurs folles du sud, le ciel presque blanc et les oliviers biscornus, mais il ne retrouvait pas dans l'air ce quelque chose de tendre et de capiteux qui grisait comme le vin à la résine.

Le disque touchait presque à sa fin lorsque les autres revinrent de l'enterrement. Tonton vit s'arrêter devant la véranda la vieille voiture américaine rouge et crème. Au départ, ils avaient mis la capote pour la rendre plus « convenable », mais il faisait si chaud au retour qu'ils n'avaient pu résister.

Sur les banquettes crème, au tissu pailleté d'argent, leurs vêtements noirs tranchaient durement et les crêpes paraissaient incongrus. Ils descendirent de l'auto et, d'instinct, recomposèrent un mince cortège pour escalader le perron. Angelo, le frère cadet de Tonton, marchait en tête. Il était courtaud, massif, avec la peau craquelée de rides grises. Bien qu'il n'eût guère plus de cinquante ans, ses cheveux étaient entièrement blancs. Silencieux, actif, il pensait lentement, avec application, et allait toujours au bout de ses desseins. Elisabeth, sa femme, marchait un pas derrière lui, droite, presque roide dans ses longs voiles, à travers lesquels on apercevait la tache blême de son visage aux traits sévères. Elle était encadrée par Henrico et Clémentine. Henrico mesurait un mètre quatre-vingt-cinq. C'était un garçon très brun d'une trentaine d'années, athlétique et bestial, au regard dur et fixe. Son veston avait du mal à contenir ses musculeuses épaules. Il mâchait un rameau d'olivier qu'il avait cueilli au vol alors que la voiture serpentait dans un chemin de terre. Clémentine allait sur ses dix-sept ans. Sa beauté se dégageait lentement des ingratitudes de l'adolescence. La petitesse de sa taille la désolait, pourtant elle était bien proportionnée. Ses yeux bleus, immenses, éclairaient étrangement son visage bronzé. Bien qu'ils fussent extrêmement clairs, ils reflétaient une âpre énergie et possédaient l'intensité des yeux les plus sombres.

Le petit groupe traversa la véranda en faisant sonner les marches de bois. Angelo poussa du pied la porte grillagée et la maintint ouverte avec l'épaule tandis que les autres pénétraient dans la pièce de séjour. Elisabeth jeta à Tonton un froid regard qui paniqua le vieil homme.

— Pas besoin de musique, merci ! dit-elle en relevant le bras de l'appareil.

L'aiguille griffa le disque qui émit une sorte de gémissement d'animal fouetté.

— C'est l'air qu'elle aimait, geignit Tonton.

Henrico s'avança. Il prit le disque qui, dans ses énormes mains, eut l'air minuscule tout à coup. Il le regarda avec défiance.

— L'air qu'elle aimait, répéta-t-il.

Il ajouta dans un soupir :

— L'imparfait, déjà…

Il prit place dans un fauteuil à bascule, face à Tonton, et ricana en l'accablant d'un regard plus glacial encore que celui d'Elisabeth :

— Vous aussi, vous venez de l'enterrer à votre manière.

— Il y avait beaucoup de monde ? se hâta de demander le vieillard.

— Beaucoup, murmura Henrico, une jeune morte, c'est un peu une vedette, ça attire !

Tonton regarda la bouteille de whisky, mais n'osa y toucher. Maintenant qu'Héléna n'était plus là, il se sentait seul pour de bon et vraiment infirme.

Les Canoni y étaient ? demanda-t-il.

C'étaient d'autres colons avec qui ils étaient brouillés depuis plus de trente ans.

— Au complet ! fit Elisabeth.

— Et les Bruzon ?

Angelo, qui se tenait immobile et indécis au milieu

de la pièce, bien planté sur ses jambes arquées, s'impatienta. Il avait horreur des parlotes.

— Tous ! Ils y étaient tous, on t'a dit ! lâcha-t-il à son aîné. Tous, avec des larmes et des mains à n'en plus finir !

Elisabeth arracha son crêpe et le roula en boule.

— Oui, des mains à n'en plus finir, mais seulement quatre ou cinq formules à eux tous.

Elle compta sur ses doigts.

— Condoléances attristées… C'est terrible !… Si on s'attendait à une chose pareille… Nous partageons votre immense douleur…

Elle conserva la main tendue avec quatre doigts déployés. Tonton, qui regardait la main d'Elisabeth, se dit qu'elle était belle et racée, et s'étonna de ne jamais l'avoir remarquée auparavant.

— J'en oublie ? demanda Elisabeth à la ronde.

Clémentine, qui n'avait encore rien dit, déclama d'une voix étrangement grave pour son âge :

— Si jeune, ça ne devrait pas être permis…

— Ah ! oui, celle-là surtout, gronda sa mère. J'avais envie de leur cracher à la figure !

— Seulement, tu avais ton voile, objecta Clémentine.

Contrairement à Elisabeth, elle pliait soigneusement son crêpe, en le lissant sur la table, du tranchant de la main.

— Il m'étouffait, dit la mère. Les gens sont horribles, quand on les regarde à travers ça.

Elle jeta la boule d'étoffe dans un coin de la pièce, bien décidée à ne plus l'utiliser.

Il y eut une longue période de silence. Ils ne savaient que faire ni que dire. Une brusque apathie venait de s'abattre sur eux. Le même désarroi profond leur ôtait toute réaction. Ce fut Henrico qui osa l'exprimer.

Il se leva lentement et son fauteuil à bascule continua de se balancer avec un bruit plaintif. Il examina la pièce silencieuse et son regard cilla en affrontant la luminosité folle de la véranda.

— Bon, fit-il. Et maintenant, hein ? Comment fait-on pour continuer lorsque Héléna est au fond d'un trou ?

La question arracha un gémissement à la froide Elisabeth. Henrico en fut confusément satisfait. Il avait un peu l'impression de dominer sa belle-mère. C'était nouveau pour lui. Il insista, frappant lourdement ses poings l'un contre l'autre.

— Dites, je vous demande. Comment on s'y prend pour vivre encore ?

Ils hochèrent la tête. Clémentine sentait revenir ses larmes. Les joues lui brûlaient à force d'avoir pleuré sa sœur, mais elle sentait que sa peine inépuisable alimenterait ses yeux en larmes chaque fois qu'on prononcerait de telles paroles devant elle.

Tonton se racla la gorge.

— Moi, commença-t-il sentencieusement, lorsque ma Léonie est morte…

— Nous savons, l'interrompit Elisabeth. Vous avez ramassé une cuite qui va maintenant sur ses vingt et un ans !

Elle eut un rire mauvais qui fit mal à tout le monde.

— Une cuite qui atteint sa majorité. Tonton, continua-t-elle.

Elle attrapa la bouteille de whisky et la lui tendit violemment.

— Ça s'arrose !

— Pourquoi êtes-vous méchante, Elisabeth ? demanda Tonton sur un ton de reproche.

La question gêna Elisabeth. Elle réfléchit loyalement et haussa les épaules.

— Pourquoi ne le serais-je pas ? riposta-t-elle. Je viens d'enterrer ma fille.

— J'ai autant de chagrin que vous, affirma Tonton.

Elisabeth haussa les épaules.

— Comment pouvez-vous le savoir ? Il n'existe pas de jauge à chagrin !

— Sa disparition devrait nous unir, au contraire…

Elisabeth s'inclina sur son fauteuil de misère. Son regard n'était plus que deux fentes par où passait un éclat vipérin.

— Eh bien ! non, vous voyez ? Ça ne nous unit pas !

Tonton détourna la tête.

— Il n'y a que le bonheur qui unisse les gens, continua-t-elle. Un moment, rien qu'un moment, l'espace d'un éclat de rire ! Tandis que le malheur, lui, sépare. Et il ne sépare pas seulement les gens les uns des autres, mais il les sépare aussi d'eux-mêmes.

Elle se redressa, bras ballants, accablée jusqu'au bout de l'âme.

— Depuis trois jours, j'ai l'impression de marcher à côte de moi.

— Pour moi, il n'y a rien de changé : c'est comme si elle était encore là ! assura Tonton.

Son frère déroula sa cravate noire et l'enroula sur trois doigts.

— Si, il y a quelque chose de changé, dit-il : elle n'y est plus.

Ils baissèrent la tête. Elisabeth se laissa choir sur une chaise et pressa ses tempes à deux mains comme pour comprimer le grand cri désespéré qui montait de ses entrailles.

— Ecoutez ! lança résolument Clémentine.

Les regards des siens l'intimidèrent. Elle rougit.

— Je ne sais pas comment dire ça… C'est simple à penser, mais pas à exprimer.

Le silence attentif des autres l'encouragea.

— Je voulais dire qu'Héléna… Enfin, c'est elle qui… qui a choisi de nous quitter !

— Alors ? gronda Elisabeth.

— Elle n'est pas morte, elle s'en est allée, termina Clémentine.

La figure aiguë d'Elisabeth blêmit davantage.

— Ah ! elle n'est pas morte ! articula-t-elle.

Sa voix feutrée leur sembla terrible et les fit frissonner.

Clémentine s'ébroua.

— Si, bien sûr, mais volontairement. Volontairement, c'est là que je veux en venir.

— Quelle différence ? demanda Henrico.

Il avait l'air fermé et hostile. Le chagrin accentuait

son expression bestiale. Il ressemblait à un animal forcé qui n'accepte pas de se soumettre.

Clémentine sentait les mots très loin de sa pensée, perfides et mesquins, approximatifs surtout.

Elle fronça ses minces sourcils décolorés par le soleil.

— Quelqu'un que la mort surprend, c'est affreux…

Henrico sourit.

— Tandis que quelqu'un qui se tire une balle dans la tête, c'est réconfortant ? Tu te fais une drôle d'idée de la sérénité, toi, ma fille !

— Sa tête ! gémit Elisabeth. Sa pauvre tête !

Elle revoyait Héléna telle qu'ils l'avaient découverte, allongée sur le canapé de rotin, le buste incliné au-dessus de l'accoudoir. Ses longs cheveux pendaient jusqu'au sol et une énorme fleur pourpre s'étalait sur sa tempe gauche.

— Allez savoir tout ce qui remuait dans sa tête pour qu'elle veuille la faire taire ! dit Angelo.

Clémentine se tourna vers son père. Lui comprenait.

— Voilà, fit-elle, c'est ça, père, c'est ça. On ne doit pas pleurer sa mort, mais sa vie ! Sa mort, elle l'a voulue. Tandis que sa vie, elle l'a refusée parce qu'elle était moche !

Henrico bondit, se sentant concerné.

— Et pourquoi était-elle moche, sa vie, dis, espèce d'idiote ? On l'aimait, non ?

L'excès de chagrin le rendait théâtral. Il se dressa,

trop grand, trop puissant au milieu de sa famille recroquevillée dans la peine.

— Je vais vous avouer une chose : je ne l'ai jamais trompée ! Jamais !

Elisabeth le considéra avec mépris.

— Il faut croire que ce n'était pas de ta fidélité qu'elle avait besoin, mon pauvre Henrico !

— C'était de quoi, alors ? N'ai-je pas été un bon mari ? Vous m'avez entendu crier après elle quelquefois ? Lui interdire quelque chose ? Non, je l'aimais !

Il marcha dans la pièce, les bras croisés sur sa large poitrine, comme s'il emprisonnait une ombre.

— Je l'aimais ! répéta-t-il. Ah ! nom de Dieu, ce que je l'aimais ! Ce que je l'aimais ! Ce que je l'aimais !

Il se tut, à bout de souffle.

— Bon, tu l'aimais, dit Clémentine, pas impressionnée du tout, mais plutôt agacée. Tu as été un bon mari, maman une bonne mère, papa un bon père, Tonton un bon oncle et moi une bonne sœur. N'empêche qu'elle est partie, qu'elle ne nous a même pas dit adieu ! Rien ! Une balle dans la tête, toute sèche.

Henrico gémit :

— Comment a-t-elle pu ?

Depuis trois jours, il se posait la question sans relâche. L'acte brutal, définitif, ne correspondait pas à la douceur fragile d'Héléna. Elle avait été une espèce de femme-enfant, un peu frêle, un peu pâle, rêveuse et silencieuse. Henrico essayait d'imaginer le gros revolver dans la main de sa jeune épouse et ne parvenait pas à admettre la brève association de cette main menue avec la large crosse noire, gaufrée, si lourde.

— Avec mon revolver ! balbutia Angelo. On ne devrait jamais avoir de revolver.

— Bien sûr qu'on ne devrait pas, puisque c'est fait pour tuer ! lança Elisabeth.

Quand on achète ce genre d'objet, on n'y pense pas, déplora Angelo. On croit que c'est une chose comme une autre, une sorte de sécurité…

— Elle a bien dû le regarder, ce vilain trou noir, hésiter avant de presser la détente, supposa Elisabeth.

Un bruit de voiture rompit le louche sortilège de leurs réflexions. Ils furent soulagés par cette brusque intrusion de la réalité.

— Qu'est-ce que c'est ? demanda Tonton.

Clémentine s'approcha de la porte grillagée contre laquelle ruisselait un torrent de lumière blanche. Elle vit une jeep sur le terre-plein. Un policier en uniforme la pilotait. Le véhicule vint se ranger devant le perron en soulevant un nuage de poussière. Un gros homme vêtu d'un complet crème et coiffé d'un fez écarlate se dégagea du nuage, tel le génie d'Aladin.

— C'est le policier ! annonça la jeune fille.

— Qu'est-ce qu'il nous veut encore ? gronda Henrico.

— Peut-être qu'il rapporte le pistolet, émit Tonton.

— Il était à l'enterrement, murmura Angelo. Il n'a pas présenté ses condoléances, mais je l'ai vu, près de l'entrée du cimetière, qui surveillait.

— Il surveillait quoi ? demanda Elisabeth.

— Le savait-il seulement ? Depuis qu'ils ne sont plus encadrés de policiers français, ces types-là se prennent tous pour des Sherlock Holmes !

L'inspecteur Moussy alluma un cigare avant d'entrer. Il le fit ostensiblement, derrière la porte grillagée, prenant soin de flamber minutieusement l'extrémité du cigare, comme on bucle une volaille. Puis il le téta longuement, expulsant par le nez une fumée blanchâtre qui tournoya dans le soleil, à la recherche d'un courant d'air.

— S'il nous embête, je le fous dehors ! grogna Henrico.

— C'est malheureux d'avoir affaire à des loustics comme ça ! renchérit Tonton. Qui m'aurait dit qu'un jour…

Moussy entra, la gorge et le nez pleins de fumée qu'il se hâta de rejeter sitôt le seuil passé. Il regarda tout le monde d'un œil qui se voulait vigilant. Il espérait un salut mais personne ne se décidant, il finit par soupirer un « bonsoir » plein de regret et d'amertume.

Le regard fixe d'Angelo lui en imposa. Il battit des cils et demanda :

— Je vous dérange ?

— Maintenant que c'est fini, nous aimerions bien pleurer tranquilles, fit Angelo.

L'inspecteur Moussy acquiesça et crachota un brin de tabac.

— Je comprends. Seulement, voilà : c'est pas fini.

Il fui satisfait de la stupeur qu'il provoquait. C'était sa revanche. Avec une seule phrase, il venait de s'assurer l'avantage et il était bien décidé à en jouir.

— Ça ne fait même que commencer ! reprit-il en faisant grésiller son cigare.

Il espérait une volée de questions et fut déçu par le silence crispé qui accueillit sa déclaration.

Une fois de plus, ce fut lui qui le rompit.

Il marcha vers l'escalier distribuant le premier étage. Après une dizaine de degrés, celui-ci se poursuivait par une plate-forme avant de tourner. Ce mouvement composait au rez-de-chaussée une sorte de loggia fermée par un rideau de jute.

D'un geste rageur, Moussy écarta le rideau dont les gros anneaux de bois produisirent un bruit de castagnettes sur leur tringle.

Le fond de la loggia était garni de rayonnages chargés de livres. Ce recoin n'était meublé que du canapé de rotin sur lequel Héléna était morte.

Moussy secoua la cendre de son cigare et dit, en désignant le siège :

— Elle était là, hein ?

— On vous l'a déjà dit ! grommela Henrico en se rapprochant. Vous allez recommencer ?

— Oui, dit Moussy, je vais recommencer.

Henrico serra ses gros poings velus qui se mirent à pendre comme deux masses au bout de ses bras indécis.

— Ecoutez ! commença-t-il.

Mais Angelo lui fit signe de se taire et l'écarta d'un geste péremptoire.

— Qu'est-ce qui se passe, inspecteur ?

— Il se passe que ce n'est pas un suicide, monsieur Tziflakos, déclara le policier en expulsant une longue bouffée de fumée qui se mit a faire des ronds filandreux au-dessus du canapé.

CHAPITRE II

Elisabeth fixa un rond mieux réussi que les autres et qui tournoyait mollement, comme s'il s'enroulait languissamment après une tige invisible. Il lui sembla qu'elle avait déjà vécu cet instant. Elle reconnaissait jusqu'à la qualité du silence qui le prolongeait. Tout ce qu'elle voyait dans la révélation du policier, c'est que sa fille ne s'était pas donné la mort. Pour la première fois depuis le drame, elle ressentait de la joie. Une joie sauvage, intense, qui la chavirait un peu.

— Qu'entendez-vous par : « ce n'est pas un suicide », fit Angelo.

L'inspecteur sortit un mouchoir de soie noire de sa poche supérieure et s'en tamponna le front à la lisière du fez. Il était satisfait. Il s'assit sur le canapé avec un gémissement d'aise, s'y étala vilainement, les jambes bien écartées et les bras en croix sur le dossier. Le menton pointé, les yeux mi-clos, bravache et humiliant, il se composait une attitude assez artificielle de soudard. Angelo résista à l'envie qui le poignait de lui lancer son pied dans le ventre.

— Quand quelqu'un meurt d'une balle dans la tête et qu'il ne s'est pas suicidé, qu'est-ce que ça peut être ? demanda Moussy.

— Un accident ? questionna âprement Elisabeth.

L'inspecteur n'avait pas prévu une telle supposition. Il se rembrunit, fâché de voir ce qu'il croyait être un raisonnement irréfutable pris en défaut.

— Non, pas un accident ! aboya-t-il. Pas un accident, mais un meurtre, vous m'entendez ? Un meurtre ! Les rapports des médecins et du laboratoire sont formels ! La balle a traversé la tête de haut en bas. Vous comprenez ce que ça veut dire ? De haut en bas ! Essayez donc de vous tirer une balle dans la tête de haut en bas !

Il arrondit son bras droit au-dessus de sa tête et, l'index pointé, mimant le canon d'un pistolet, il se vrilla la tempe gauche.

— Pour se suicider, elle aurait dû pratiquer comme ça ! Vous jugez ?

Il laissa retomber son bras et se mit à siffloter pardessous son cigare éteint en les regardant méchamment. Il avait le blanc des yeux bleu et jaune.

Ils formaient un demi-cercle devant le canapé. Tonton, d'un coup de poignet expert, venait de faire pirouetter son fauteuil roulant. Ses joues mal rasées se hérissaient d'une mousse vivace, blanche et clairsemée. Son nez large, gris, plein de verrues calées dans les commissures, pompait l'air avec un bruit sifflant.

Henrico balançait ses grosses mains. Il ne s'en servait que pour travailler ou se battre, le reste du temps, elles le gênaient. Elisabeth était immobile. Sa fille lui prit le bras, d'un geste incertain et peureux. Quant à Angelo, il passa chacun de ses pouces dans la boucle de ses bretelles. Ce qui dominait, chez lui, c'était la colère. Il aurait donné n'importe quoi contre le plaisir d'écraser la vilaine gueule du policier arabe.

— Alors, selon vous, elle aurait été assassinée ? demanda Tonton.

Les autres lui furent reconnaissants d'avoir parlé.

— Pas selon moi, déclara Moussy. *Elle a été assassinée.* C'est aussi vrai qu'il fait jour en ce moment ! Et la preuve irréfutable, c'est qu'il n'y avait aucune empreinte sur l'arme. On l'a essuyée après usage.

Moussy cueillit délicatement son cigare à demi fumé entre le pouce et l'index et, d'un geste court, l'arracha de ses lèvres pour le lancer aux pieds de ses interlocuteurs.

— Qui a fait ça ? balbutia Henrico.

— C'est ce que je suis chargé d'éclaircir, dit Moussy avec importance.

Il se leva et les passa en revue.

— Je sais déjà que ce ne peut pas être quelqu'un d'ici ! fit-il.

— C'est encore heureux ! lança Tonton.

L'inspecteur ôta son fez. Il était presque chauve. De rares cheveux huileux étaient collés sur son crâne ridiculement plat. Il s'essuya la tête, remit le fez en place et fourra le mouchoir noir dans sa poche en prenant garde qu'il dépasse de quelques centimètres.

— J'ai vérifié vos alibis ! reprit-il.

— Quels alibis ? tonna brusquement Angelo. Nous avons besoin d'alibis parce que notre fille est morte ?

Moussy eut peur de son regard blanc de haine et recula d'un pas. Il vit s'éteindre la colère de Tziflakos et retrouva sa morgue cinglante.

— Il vaut tout de même mieux que vous en ayez eu, assura le policier.

Il s'enhardit jusqu'à pointer son index sur Angelo.

— A l'heure du meurtre, vous et votre femme emmeniez votre frère infirme chez le kinésithérapeute !

Content du mot difficile, il marqua un temps d'arrêt avant de poursuivre. Puis il se planta devant Henrico.

— Vous, vous répariez un tracteur avec votre contremaître !

« Et vous, acheva-t-il en regardant Clémentine, vous preniez votre leçon de violon en ville ! Tout cela est vérifié, revérifié. N'y revenons plus, soupira-t-il à regret. C'est donc quelqu'un de l'extérieur qui a fait le coup. »

— On n'a rien volé ! dit Elisabeth.

— Et il n'y avait aucune trace de lutte ! ajouta Henrico.

Angelo secoua sa lourde tête accablée.

— Vous vous trompez sûrement, tous, déclara-t-il à Moussy. Ma fille n'a pas été tuée.

En guise de réponse, le policier eut un rire insultant.

— Et je vous interdis de ricaner ! lâcha froidement Angelo en s'avançant sur lui.

Moussy eut instantanément des cernes grisâtres sous les yeux.

— Calmez-vous, monsieur Tziflakos. Où avez-vous pris que je ricanais ? Simplement, nous sommes certains, à la police, de ce que nous avançons.

Angelo secoua la tête.

— Vous avez vu dans quelle position elle se trouvait ? Nous n'avions touché à rien ! Elle était étendue sur le canapé… Elle souriait.

— C'est vrai, se souvint Elisabeth, elle souriait.

Elle avait été frappée par l'espèce de béatitude qui transparaissait sur le visage de la morte.

— Et alors ? demanda Moussy d'une voix prudente. Elle souriait, qu'est-ce que cela prouve ? La plupart des morts sourient. Ce n'est pas un sourire, mais un relâchement des muscles.

Angelo réfléchit. Il oublia un temps son aversion pour le personnage.

— Je vous dis qu'elle était allongée. Et puis c'est mon revolver qui l'a tuée. Mon revolver, je le cachais dans un tiroir secret de mon secrétaire. Seule, la famille était au courant.

— Et alors ? s'obstina Moussy.

— Alors, quoi ? bon Dieu ! Vous imaginez un rôdeur entrant ici, fouillant tout, juste pour trouver mon arme, la découvrant dans le secrétaire avec un paquet de fric, prenant seulement le pistolet et redescendant tirer une balle dans la tête d'Héléna qui ne fait pas un geste de défense ? Ça vous paraît plausible ? Ça vous satisfait vraiment ? Dites !

Le policier sortit sa boîte de cigares. Magnanime, il la présenta à Angelo qui refusa d'un signe de tête. Il en prit un et le roula entre ses doigts sans l'allumer.

— Ça ne me satisfait pas s'il s'agit d'un rôdeur, convint Moussy. Non, s'il s'agit d'un rôdeur, ça ne me convient vraiment pas. Seulement, s'il s'agit d'un familier, c'est pas pareil !

— Nous n'avons pas de familiers ! dit Elisabeth. Renseignez-vous, nous ne fréquentons personne.

— Non, renchérit Tonton, personne !

— Vous, d'accord, articula Moussy. Vous, d'accord !

Il alluma son cigare dont la mince carapace commençait à s'effriter, la téta longuement et feignant une volupté presque indécente.

— Mais la victime, se décida-t-il enfin, la victime, elle, en avait au moins un, de familier.

Il y eut un moment de stupeur chez les Tziflakos. D'incrédulité surtout Angelo regarda sa femme et Elisabeth haussa les épaules.

— Qu'est-ce que vous racontez ? demanda Henrico. Hein ? Qu'est-ce que vous tortillez encore sous votre saloperie de chéchia ?

— Mesurez vos paroles, glapit Moussy.

— Et les vôtres ! rugit Henrico. Un familier ! Héléna ! Sacré fumier d'Arbi, va ! Je te ferai avaler tes paroles en même temps que ton cigare !

— Si vous ne vous taisez pas immédiatement, cela

risque de vous coûter cher ! affirma gravement Moussy, très pénétré de ses prérogatives.

— Tais-toi ! ordonna Angelo à son gendre.

Il se tourna vers le policier.

— Vous, vous feriez bien de vous expliquer.

— Ces salauds-là se croient tout permis ! geignit Tonton que le courroux étouffait ; même d'insulter la mémoire d'une morte !

— Attention ! dit Moussy. Je n'insulte personne, mais mon enquête a démontré que votre fille fréquentait beaucoup un ressortissant français de la région.

Il avait mis l'accent sur les mots « ressortissant français ».

Il possédait ainsi une liste de formules nouvelles auxquelles il ne manquait pas de faire appel chaque fois qu'il les devinait aptes à blesser ses interlocuteurs.

— Qui ? demanda Angelo.

Moussy tira un minuscule carnet de sa poche et le feuilleta. Angelo savait que c'était un geste superflu et que le policier connaissait de mémoire le nom qu'il affectait de chercher. Il suivit de son gros doigt bagué d'une chevalière une colonne de noms calligraphiés d'une écriture tremblée.

— Un certain François Sauvage, dit-il enfin.

Il referma le carnet et se mit à le mordiller. Clémentine était fascinée par une dent en or qui scintillait dans la bouche du policier. Une incisive.

« Combien avons-nous d'incisives ? » se demanda-t-elle.

Elle cherchait à se le rappeler. Elle voulait penser à

autre chose, écarter de quelques secondes le nouveau drame qui fondait sur eux, s'enchaînant au premier avec une logique effrayante.

Moussy considéra Henrico.

— Vous connaissez, n'est-ce pas ?

— Nous le connaissons, déclara Elisabeth, mais nous ne fréquentons pas ce garçon.

— C'est pourtant un Français comme vous ! objecta Moussy.

— Le nombre de Français que nous ne fréquentons pas est incalculable ! dit Elisabeth.

Moussy eut un sourire.

— Pour en revenir à ce…

Il s'offrit le luxe de regarder à nouveau son affreux carnet noir maculé de taches.

— … à ce François Sauvage, il est prouvé que votre fille le rencontrait fréquemment.

— Où ? demanda Henrico, glacé.

— Quelquefois chez lui, quelquefois en ville, quelquefois chez vous ! répondit le policier en le défiant d'un regard faussement paisible.

D'instinct, tous se tournèrent vers Tonton qui ne quittait pratiquement jamais la maison. Le vieillard avait un peu pâli. Ses yeux s'abaissèrent lentement et il se mit à fixer ses jambes mortes avec une farouche obstination. Elisabeth allait l'interroger, mais son mari lui fit signe de se taire.

— Bon. Admettons que votre enquête soit exacte et que M. Sauvage et ma fille se soient rencontrés, dit-il. Admettons.

Au ton, il était facile de comprendre que lui-même n'admettait pas une chose semblable. Il respira profondément et alla au bout de sa pensée.

— Ça changerait quoi à l'affaire ?

Moussy fit quelques pas en direction de la véranda. Il regarda l'esplanade et fit la grimace en pensant aux banquettes surchauffées qui allaient, dans un moment, brûler son gros postérieur. Son conducteur était assis à même le sol et, adossé à la jeep côte ombre, dormait la bouche ouverte. L'inspecteur l'interpella à travers le grillage de la porte :

— Ben Hazraf, face d'âne !

L'autre faillit choir sur le côté. Il se redressa, regardant en direction de la maison sans toutefois voir son supérieur.

— Tu ne peux pas mettre la voiture a l'ombre, idiot ?

Le chauffeur adressa un salut militaire au perron et sauta sur son siège. Moussy se retourna et se trouva nez à nez avec Angelo. La scène se déroulait comme dans un ralenti cinématographique. Chacun prenait le soin de penser soigneusement avant de proférer la moindre syllabe.

— Ce que cela changerait à l'affaire, monsieur Tziflakos ? demanda Moussy avec un grand sérieux. Comment pouvez-vous poser une question pareille après que nous venons d'admettre que seul un familier a pu faire le coup ?

Il devint vraiment professionnel, cessant de jouer son odieuse comédie.

— Je dois contrôler l'emploi du temps de ce François Sauvage. J'ai déjà commencé. Il se trouve, précisément, qu'il était absent de chez lui l'après-midi du meurtre. Un ouvrier agricole prétend même l'avoir vu s'engager avec sa voiture sur le chemin conduisant à votre exploitation. Bref, à ne rien vous cacher, de fortes présomptions pèsent sur cet homme.

Les Tziflakos, cette fois-ci, évitèrent de se regarder. Un étrange maléfice les isolait brusquement. Ils se sentaient comme étrangers les uns par rapport aux autres. Chacun portait une somme de pensées accablantes qui le privait de tout contact avec les autres membres de la communauté.

Moussy continua de déambuler dans la pièce. Sous son poids, les lattes du vieux plancher craquaient comme le pontage d'un bateau. Le policier s'arrêta sous le ventilateur et offrit sa face luisante au léger courant d'air tourbillonnant sous l'appareil. Le ronron pénible du moteur vrillait les nerfs dès qu'on lui prêtait attention.

— Pourquoi venez-vous nous faire part de vos doutes ? questionna brusquement Angelo.

— Je tenais à avoir votre opinion sur le personnage, répondit calmement Moussy. Ce garçon est apparenté à l'ambassadeur de France et je dois, comme toujours dans ces cas-là, être prudent.

Il ôta son cigare de sa bouche, cracha une salive brune qu'il écrasa sous son pied et ajouta :

— Il n'y a rien de changé ?

— Nous n'avons pas d'opinion, fit Angelo. Je vous

ai déjà dit que nous ne fréquentions personne. Si ma fille voyait Sauvage, nous l'ignorions.

— Parfait, dit Moussy.

L'homme au complet blanc ne parut pas déçu par cette prise de congé déguisée. Au contraire, une expression béate détendit ses traits.

— Il ne me reste donc plus qu'à poursuivre mon petit travail, dit-il d'un ton enjoué.

Il porta un doigt à la hauteur de son fez et marcha vers la porte. Comme il allait la franchir, Henrico le rappela.

— Hep, patron !

Ce mot s'appliquant au policier contenait toute l'insolence du monde.

— C'est à moi que vous parlez ? demanda l'inspecteur.

— Oui, fit Henrico. A propos de Sauvage.

Moussy attendit, l'œil luisant d'un espoir évasif.

— Alors ?

— Ça ne peut pas être lui…

La figure plate du policier se mit à pendre comme un linge mouillé.

— Et pourquoi, s'il vous plaît ?

— Parce que je l'ai vu, à l'heure du drame, près de notre plantation d'Oufara.

Moussy fronça les sourcils et se mit à frotter les ailes de son nez entre le pouce et l'index. La déclaration d'Henrico mettait à bas un édifice laborieusement élaboré. Sa première affaire chez les roumis ! Il se réjouissait tellement d'évoluer dans cet univers naguère fermé aux gens de sa race, de le contrôler à sa guise et d'y jouer le rôle enviable et grisant du destin ! Il était arrivé dans la vieille demeure en conquérant sûr de soi, semant à satiété le trouble ou l'angoisse. Il décidait ! Il suivait d'un pas appuyé les méandres de cette affaire, se découvrant avec délices des dons de limier sagace sans comprendre que l'événement le tirait par la main.

Il en voulut horriblement au jeune veuf de ruiner, d'une phrase, trois jours d'enquête qui devaient assurer son prestige.

— Que racontez-vous ? explosa-t-il soudain.

Son cigare lui tomba de la bouche. Il le ramassa. Le mouvement lui rappela son enfance, lorsqu'il rôdait à la terrasse des grands cafés pleins de colons méprisants pour y cueillir des mégots. Il rejeta le cigare aussitôt et l'éventra d'un coup de talon.

— Hein ? Qu'est-ce que c'est que cette histoire ?

— La vérité, fit Henrico. Seulement la vérité : François Sauvage est resté tout l'après-midi à peindre en bordure de la plantation. Il avait sa 2 CV jaune, celle qui possède deux moteurs.

— Vous êtes certain que c'était bien ce jour-là ?

— Certain ! dit lugubrement le garçon. C'est un jour que je ne suis pas près d'oublier.

Le policier eut une expression douloureuse. En une seconde, il perdit toute sa morgue et ne fut plus qu'un pauvre homme effaré, dépassé par la traîtrise des circonstances.

— Bon, je vais voir, décida-t-il pour sauver la face. Je vais voir !

— C'est cela, voyez ! fil doucement Angelo en lui tournant le dos.

Moussy voulut réussir sa sortie, chercha une attitude avantageuse qu'il ne trouva pas, s'en alla sans saluer personne, le dos voûté, dans la lumière torride.

Les Tziflakos se rassemblèrent derrière la porte pour le regarder partir. Ils le virent dévaler le perron et héler son chauffeur d'un signe péremptoire. La jeep qui stationnait à l'ombre d'une haie de cyprès décrivit une large courbe ponctuée d'un sillage de poussière ocre et vint se ranger devant lui. Il l'escalada lourdement et s'abattit sur le siège arrière.

CHAPITRE III

Longtemps après que la jeep eut disparu, ils étaient encore groupés derrière le grillage de la véranda, silencieux et immobiles dans des postures marmoréennes de personnages symbolisant d'anonymes martyrs.

— Ce type est complètement fou, déclara enfin Tonton.

Le vieillard fit pirouetter son fauteuil et profita de l'accablement général pour saisir sa bouteille de whisky. Il but d'un air soucieux, s'appliquant à dissimuler son plaisir.

Il clappa de la langue et ajouta avec plus de force.

— Complètement fou !

Angelo le dévisagea longuement. Tonton se mit à battre éperdument des cils. Bien que son frère fût plus jeune que lui d'une vingtaine d'années, il le considérait comme son aîné. Il avait toujours vécu à sa remorque.

— Peut-être pas, articula le père d'Héléna. J'ai

même l'impression que cet Arbi n'est pas bête, au contraire.

— Tu le crois, toi, qu'Héléna a été assassinée ? demanda Elisabeth en joignant pathétiquement les mains.

Cette hypothèse lui rendait presque acceptable la mort de sa fille. Ce qu'elle refusait de toutes ses fibres maternelles, c'était que la jeune femme se fût donné la mort, qu'elle eût rejeté délibérément la vie qu'elle lui avait donnée.

— Je n'en sais rien, répondit Angelo. Par contre, fit-il en saisissant une chaise par son dossier, ce que je comprends, c'est qu'il y a eu des cachotteries dans cette maison !

Il s'assit à califourchon, face à son frère dont les lèvres se mirent a trembler.

— Tu étais au courant ?

Tonton ouvrit la bouche. Sa langue remua, mais il n'émit qu'une espèce de râle qui voulait être une protestation.

Angelo reprit, broyant le regard du vieillard sous le sien :

— Il a dit qu'Héléna et Sauvage se voyaient tantôt chez lui, tantôt chez nous ! *Tantôt chez nous !* répéta-t-il avec force. Si c'est exact, tu dois le savoir !

Henrico se contenait. Un grand froid intérieur stagnait dans sa poitrine. Cela lui rappelait un accident qu'il avait eu étant jeune homme Alors qu'il n'était pas encore en âge de passer son permis de conduire, il avait emprunté un jour la voiture de son père. En traversant un pont, dans la montagne, l'auto avait dérapé et défoncé le parapet. Henrico était demeuré près de vingt minutes au-dessus du gouffre. Un ruisseau misérable coulait cent mètres plus bas, entre deux falaises. Le garçon sentait osciller la voiture. Il n'osait faire un geste, se retenait même de respirer et, les yeux fous, fixait désespérément l'immense cassure de la montagne entre les lèvres de laquelle il se balançait. Lorsqu'il évoquait l'accident, il se rappelait surtout cette sensation de froid intense, de froid mortel dans son ventre. Oui, à cet instant, ça lui faisait tout pareil. Il flottait dans de l'horreur et atteignait à une forme de la volupté.

Tonton s'obstinait à fixer ses pieds morts.

— Ecoute, Constantin, fit Angelo, tu comprends bien que nous devons éclaircir tout ça ?

L'infirme fit oui de la tête. Son menton mal rasé ressemblait à une pelote d'épingles.

— Alors, dis ce que tu sais ! conseilla Angelo sans la moindre animosité.

— Il est bien venu deux ou trois fois, en effet, admit Tonton.

Henrico exhala un soupir et baissa la tête.

— Qu'est-ce qu'il voulait ? demanda Angelo.

— Je ne sais pas ; causer ?

— Avec elle ?

— Oui, avec elle.

— Devant toi ?

— Non, dehors… Ils s'asseyaient sur le perron…

Angelo s'approcha de la véranda, machinalement, il

regarda les quatre marches de bois flanquées de deux pilastres peints en blanc. Il imagina Héléna et Sauvage assis côte à côte sur le perron, mais il trouva le tableau incohérent. Les Tziflakos fréquentaient si peu ce François Sauvage qu'ils le saluaient d'un simple hochement de tête lorsqu'ils le croisaient sur la route. Pourquoi ce type venait-il voir Héléna ? Où et quand s'étaient-ils connus ? Comment se faisait-il qu'ils eussent sympathisé ?

— Qu'est-ce qu'ils se disaient ?

Tonton haussa les épaules.

— Je n'entendais pas, ils chuchotaient.

Henrico s'avança sur l'infirme et ils eurent tous un peu peur de lui, tant son visage était vide d'expression. D'un coup de pied, le jeune veuf fit décrire un arc de cercle au fauteuil orthopédique.

— Henrico ! gronda Angelo.

Mais son gendre négligea son intervention et se pencha sur le vieillard, après avoir empoigné les accoudoirs du siège. Ses mains crispées devinrent rapidement blanches comme des mains mortes. Les poils noirs qui les couvraient accentuaient encore leur pâleur.

— Parlez ! fit-il seulement, d'un ton si implacable que l'infirme mit un bras en parade devant son visage.

— Que veux-tu que je te dise ? protesta Tonton.

Il eut une réaction de très vieil homme et se mit à pleurer, bêtement, la bouche tordue par une grimace d'hépatique, le menton agité d'un tremblement.

— Vous n'entendiez peut-être pas ce qu'ils se

disaient, mais vous voyiez en tout cas ce qu'ils faisaient, non ?

— Ils ne faisaient rien !

Henrico s'ébroua, la gorge tordue par un sanglot.

— Vous n'êtes qu'un vieux menteur !

Sa voix fit un couac et la phrase s'acheva sur un aigu ridicule de femmelette effarouchée, mais personne ne songea à sourire.

— Je te jure, mon garçon !

Henrico se mit à malmener le fauteuil, le ballottant impitoyablement entre ses bras puissants. Tonton basculait à gauche et à droite en poussant des cris de terreur. Angelo s'avança et gifla son gendre d'un calme revers de main. La claque stoppa net la rage d'Henrico qui tressaillit et lâcha le fauteuil. Une fois de plus, ses mains désemparées se mirent à pendre.

— Je veux savoir ! Il faut que je sache, murmura-t-il farouchement.

— On va savoir ! promit Tziflakos.

Et à son frère :

— Commence par le début !

— Quel début ? biaisa encore le vieux.

— Cesse de faire l'âne, Constantin ! dit Angelo. Héléna et ce type, c'était quoi, leurs relations ? La première fois qu'il est arrivé ici, la petite t'a bien donné une explication quelconque, je suppose ?

Tonton caressa son menton épineux, puis essuya ses pleurs avec le col de sa chemise, en tirant dessus exagérément. Apitoyé, son frère voulut l'aider.

— Et d'abord, ça remonte à quand ?

Angelo se sentait dans la peau d'un prêtre aux prises avec un pénitent maladroit qu'il convenait de confesser lentement, en prenant des précautions pour ne pas l'effaroucher ni le décourager.

— Environ six mois, il me semble…

Le col de chemise ayant servi à torcher les larmes de l'infirme pointait ridiculement le long de sa joue.

— Que t'a dit Héléna, à l'époque ?

Tonton haussa les épaules. Il se sentait las à mourir, il aurait aimé mourir à cet instant, prendre une attaque, tomber foudroyé de son fauteuil pour éviter de répondre et aussi pour leur faire de la peine, à eux tous qui le molestaient. Oui, s'abattre à leurs pieds, inerte et narquois.

— Si tu crois que je m'en souviens…

— Naturellement que tu t'en souviens !

Les cils mités du vieillard battirent.

— Tu sais qu'on s'entendait bien, avec Héléna…

— Je sais.

— Elle me confiait ses petits secrets.

— Elle en avait ? geignit Henrico.

Tonton s'abstint de lui répondre. Il ne pardonnait pas à son neveu de lui avoir fait peur devant tout le monde. Sans doute était-il une loque, un poids mort que son frère charriait depuis plus de trente ans, pourtant il tenait à ses prérogatives de patriarche. Sa qualité d'aîné lui conférait certains droits moraux que son frère n'avait jamais négligés. Cela était tellement vrai que jamais aucune décision importante n'avait été prise sans qu'on l'eût consulté.

— Toutes les femmes en ont, murmura Elisabeth afin de calmer son gendre dont elle comprenait la détresse.

Elle, elle n'avait jamais eu de secrets. Elle avait toujours su repousser les rêveries et leurs pernicieuses sollicitations.

— Et que t'a-t-elle dit ? reprit Angelo.

Son insistance déprimait Tonton. Ce qui faisait la force de son cadet, c'était sa tranquille obstination. L'existence d'Angelo ressemblait au cheminement d'un char d'assaut. Elle filait droit, renversant ou écrasant les obstacles, implacable et forte, sûre de sa vérité, de son bon droit, de sa mission.

— Voyons, Constantin, elle t'a appris ça de quelle façon ?

— Il peignait près des oliviers. Elle s'est approchée pour regarder son tableau et elle a trouvé ça joli.

— Salaud ! grommela Henrico qui éprouvait une instinctive défiance pour tout ce qui touchait à l'art.

Il affrontait la vie avec ses poings et les femmes avec son rire et ses yeux de loup. Qu'on cherchât à les capturer en étalant des couleurs sur une toile l'ulcérait.

— Et après ? demanda Angelo.

Tonton se rappelait mal les premières confidences de sa défunte nièce. Elles lui avaient été faites de façon fragmentaire et il intervertissait l'ordre des événements. Il revoyait François Sauvage arrivant un après-midi dans sa 2 CV cabossée. C'était un homme de trente-cinq ans, petit, aux cheveux châtain foncé, coupés court, à la peau bronzée, aux yeux très clairs. Il portait ce jour-là un pantalon de toile jaune et une chemise blanche déboutonnée jusqu'à la ceinture. Et puis des bottes. Sauvage ne se chaussait que de bottes, c'était sa coquetterie, presque une manie. Il en possédait toute une collection : des bottes mexicaines, des bottes de cavalier, des bottes de cow-boy, des bottes hongroises au cuir fin comme du cuir de gants… Il avait attendu un instant sur l'esplanade inondée de soleil, en clignant des yeux dans la lumière. Il paraissait indécis, ou plutôt intimidé. Peut-être redoutait-il de rencontrer le mari d'Héléna ? Et puis, il s'était décidé. Il avait pris une de ses toiles dans l'auto, un tableau de faibles dimensions…

— Et après ? réitéra Angelo.

— Attends ! fit Tonton…

Oui, il revoyait… Héléna se trouvait dans la pièce avec lui. Sur le canapé, justement, où elle devait mourir quelques mois plus tard… Elle lisait. Il se rappelait même le livre dont la couverture représentait un arbre convulsé dans l'orage. Sauvage s'était avancé, son tableau sous le bras ; il avait gravi les marches de la véranda et, parvenu à la porte grillagée, avait cherché une surface solide sur laquelle frapper pour signaler sa présence. De l'extérieur, il ne pouvait voir dans la salle de séjour des Tziflakos et il avait la mine empruntée d'un adolescent rendant visite à une jeune fille pour la première fois.

— Il est venu, récita Tonton, l'œil mi-clos. Il apportait un de ses tableaux a Héléna. Ça représentait un ananas, je me rappelle, juste un ananas posé sur une assiette bleue. Tout de suite, je ne sais pas, j'ai cru qu'il voulait le vendre. En le voyant, Héléna est devenue toute pâle.

Il se tut. Angelo approuva d'un hochement de tête, un peu comme un maître d'école encourage un élève peu doué qui lui récite sa leçon.

— Il lui a tendu le tableau. Il lui a dit : « C'est pour vous. » Ensuite, il m'a vu. Il est venu me saluer.

— Un tableau ! s'exclama Henrico, plein d'une féroce incrédulité. Un tableau ! Pour quoi faire ? Où est-il ? Vous vous foutez de nous !

— Héléna a refusé ! dit Tonton.

— Ah ! tout de même ! s'exclama le jeune veuf, soulagé.

— Elle lui a dit « Non, merci, ce n'est pas possible. »

— Et lui, insista Elisabeth, que lui a-t-il répondu ?

Tonton réfléchit. La scène demeurait présente à son esprit. François Sauvage, gauchement, avait regardé son tableau comme s'il n'en était pas l'auteur, comme s'il le voyait pour la première fois. Et puis il l'avait crevé d'un coup de poing. Son geste n'avait cependant rien eu de brutal.

« Je comprends, avait-il murmuré, mais comme je l'avais peint pour vous… »

Henrico s'étrangla :

— Il l'avait peint pour elle ! Quel salaud ! De quel droit ? Qu'est-ce qui lui permettait de peindre des tableaux pour ma femme et de venir faire du cinéma ici en les démolissant ? Hein ? Tout ça va se payer ! Et ça va être cher !

— Calme-toi ! ordonna Angelo.

— Me calmer en entendant des choses pareilles !

— Calme-toi, répéta son beau-père.

Il demanda à Tonton :

— Qu'ont-ils fait, ensuite ?

L'infirme manœuvra son fauteuil jusqu'à la bouteille de scotch posée sur un coin de table. Elisabeth lui prit la bouteille des mains.

— Parlez d'abord !

Il vit les yeux ardents de sa belle-sœur fixés sur lui, brûlants, pénétrants, quasi cruels, et il se sentit infiniment seul et diminué au milieu de sa famille. Il chercha un secours chez Clémentine, mais la jeune fille lui tournait le dos. Elle aussi savait des choses. Elle aussi était dans la confidence ! Elle était lâche de ne pas l'aider, de le laisser se débattre seul avec ses trois tourmenteurs.

— Qu'ont-ils fait ensuite ? répéta Angelo.

— Héléna a eu les larmes aux yeux. Et puis elle a pris son album de timbres et elle est allée le lui montrer sous la véranda.

— Il est resté longtemps ?

— Une demi-heure environ.

— Ensuite, il est parti ?

— Oui. En emportant son tableau crevé.

— Et Héléna t'a parlé à ce moment-là ?

— Elle m'a dit qu'elle aimait la peinture, surtout

celle de Sauvage, qu'il avait du talent, que c'était un artiste…

— Et toi ?

— Quoi, moi ?

— Tu n'as rien dit ?

— Que voulais-tu que je dise ? Ils ne faisaient rien de mal ! On était si seuls, ici ! Héléna surtout !

Henrico bondit, l'œil hagard.

— Ah ! elle était seule ?

Tonton le brava, parce qu'il avait la vérité pour lui et qu'il se sentait fort derrière ce solide paravent.

— Très seule, oui, mon garçon !

— Et moi, dites ? gémit Henrico. Je n'étais pas son mari, peut-être ?

— Un mari qui travaillait trop et qui ne parlait pas assez, Henrico, assura Tonton. Quand tu rentrais des plantations, tu t'asseyais, tu écoutais la radio sans rien dire en te balançant dans le fauteuil qui est là.

— Parce que j'étais fatigué !

— Les femmes n'aiment pas les hommes fatigués lorsqu'elles ne sont pas fatiguées elles-mêmes, s'enhardit le vieillard.

Henrico sortit sans rien dire. Il sauta les quatre marches de la véranda et marcha à la voiture. Il se mit au volant et démarra. Comme il manœuvrait, Angelo le héla :

— Où vas-tu, Henrico ? cria-t-il de la porte.

Le garçon accéléra. Mais, se ravisant, il freina et enclencha le bouton de la marche arrière dans la boîte automatique de la vieille DeSoto.

L'auto recula d'un bond et s'immobilisa brutalement devant le perron.

Le moteur tournait sans bruit. La DeSoto frémissait dans le soleil. Jamais elle n'avait été aussi écarlate. Ses chromes scintillaient d'une façon insoutenable.

Henrico sauta de son siège et vint se planter devant son beau-père.

— Je ne vous l'ai pas encore dit, père, mais, tout à l'heure, j'ai menti à ce salaud de flic. Je n'ai pas vu Sauvage au moment du drame.

Angelo fil une grimace.

— Alors, pourquoi as-tu dit à l'inspecteur que tu l'avais vu ?

— Pour l'innocenter, assura Henrico. Cette histoire ne regarde pas la police d'ici. Elle est à nous, non ?

Angelo approuva.

— Oui, mon fils, elle est à nous.

Il descendit les marches et murmura simplement en montant dans la voiture :

— Je vais avec toi.

L’ENQUÊTE

CHAPITRE PREMIER

Il était couché dans un hamac, à plat ventre, les bras pendant hors du filet dont les larges et rudes mailles lui meurtrissaient le visage.

Le hamac, attaché à deux troncs d'oliviers torturés par l'âge, demeurait immobile. François regardait la lutte farouche de deux scarabées, bleutés comme l'acier, sur le sol galeux. L'un d'eux s'acharnait sur son adversaire qu'il avait retourné et qui agitait misérablement ses pattes grêles.

François pensait à certaines toiles de Bernard Buffet consacrées aux insectes. Il les admirait rétrospectivement en contemplant les modèles. Buffet avait su exprimer cet aspect de la nature. Son graphisme restituait le côté aigu, sombre et louche des bestioles. Est-ce qu'un jour le règne de l'insecte s'affirmerait ? François Sauvage imaginait les millions d'espèces miraculeusement dressées sur leurs pattes postérieures et partant pour la plus terrifiante des conquêtes.

Le bleu moiré des deux scarabées ressemblait au

bleu des yeux d'Héléna. Un jour, bientôt, il peindrait de mémoire le portrait d'Héléna. Et ce serait une Héléna inconnue de tout le monde, une Héléna que lui seul avait vue, l'espace d'un instant, l'espace d'une seconde…

Il y eut un bruit de dérapage dans le chemin de terre. Sauvage fit un effort pour tourner la tête et vit la grosse voiture rouge des Tziflakos stoppée à quelques mètres de là dans un nuage de poussière ocre. Il ne l'avait pas entendue arriver. Le père et le mari d'Héléna en descendirent de part et d'autre et se rejoignirent à l'avant de l'auto. Ils regardaient en direction de la maison.

— C'est moi que vous désirez voir ?

Ils se retournèrent et le virent, affalé dans son hamac, semblable à un grand poisson blanc dans les rets d'une nasse.

Angelo et son gendre s'approchèrent du peintre. Dans leur costume noir, ils ressemblaient à deux tueurs que Sauvage avait vus dans un film américain. Leur visage contracté était aussi blanc que leur chemise au col dégrafé.

François sentit combien sa posture devait paraître ridicule. L'abandon est un acte intime. Il fit un effort pour se mettre sur le dos, mais n'y put parvenir, car la boucle de sa ceinture s'était prise dans une maille du hamac. Il voulut parler, dire une phrase de bienvenue aux arrivants, seulement leur expression farouche condamnait toute civilité.

Ils dardaient sur lui d'étranges regards de loups. Il y eut un moment très intense pendant lequel les trois hommes se fixèrent impitoyablement. Tziflakos et son gendre penchaient un peu la tête, afin de mieux le voir. Enfin, Henrico parut se dégager d'une pathétique méditation. Il sortit de sa poche un couteau à manche de corne et, du pouce, fit jouer le système commandant l'ouverture de la lame. Celle-ci jaillit avec un déclic et son reflet fulgura dans la lumière nue.

« Il va me tuer ! » pensa le peintre à toute volée.

Son être tout entier se contracta. Il vit de nouveau scintiller la lame et n'eut pas le temps de comprendre. D'un geste péremptoire, Henrico trancha la corde du hamac et Sauvage s'écrasa au sol, la tête la première. Il fut étourdi. Une cuisante douleur l'éblouit et il lui parut que sa pommette droite enflait instantanément. Il se dépêtra à grand-peine, meurtri et furieux. Du sang se mit à ruisseler sur sa joue.

Henrico guettait ses réactions en actionnant le cran de sûreté pour plier la lame. Il espérait une attaque du peintre. Mais Sauvage n'eut pas envie de se battre. Il n'aurait pas su porter le moindre coup à son adversaire. Il détestait la violence.

— Je n'aime pas ça, Henrico ! reprocha Angelo.

Tziflakos caressa du pouce ses gros sourcils en accent circonflexe.

— Excusez-le, fit-il à Sauvage, mon gendre est à bout de nerfs.

François porta la main à sa pommette tuméfiée et la retira, rouge de sang. Il pensa confusément que c'était un rouge intéressant et sortit son mouchoir pour en faire une compresse de fortune. Angelo ne perdait pas un de ses gestes. Il se demandait si ce petit homme avait été l'amant de sa fille. Sauvage n'était pas beau, mais il y avait dans toute sa personne quelque chose de tendre et de pathétique.

— Venez avec nous ! ordonna-t-il brusquement.

— Où ça ? demanda le peintre.

— A la maison.

François Sauvage ne protesta pas. Sa soumission déconcertait Henrico qui la prenait pour de la lâcheté. Les lâches l'avaient toujours désarmé. Ce battant dur et violent qui soulevait des tracteurs perdait ses moyens en face d'un poltron. Il aimait se battre, mais avait horreur de faire peur.

Ils marchèrent tous trois jusqu'à la voiture. Entre les deux personnages en noir, Sauvage paraissait particulièrement fluet. Sa chemise déboutonnée jusqu'à la ceinture découvrait son torse menu. Il était chaussé de bottes basses en cuir beige clair. Henrico s'arrêta soudain pour lui laisser prendre du champ et le contempler de dos. Le peintre fit encore quelques pas et s'arrêta. Henrico tordit la bouche en signe de profond mépris.

— Regardez-le ! dit-il à son beau-père, une vraie gonzesse !

— Allons, viens ! fit sèchement Angelo, agacé par l'attitude du garçon.

Le cadet des Tziflakos aimait la dignité avant toute chose. Il jugeait sévèrement le comportement de son gendre. Le coup du hamac ne lui avait pas plu. Angelo ouvrit la portière.

— Montez ! dit-il à François Sauvage. Il y a de la place pour trois à l'avant.

Le peintre s'assit au milieu de la banquette et croisa les bras. Il tenait son mouchoir en boule dans le creux de sa main droite. La pochette de soie, humide de sang, commençait à devenir poisseuse.

*
* *

Tonton guettait, embusqué derrière le grillage de la porte. Il écoutait les sourds battements de son cœur marteler sa vieille poitrine. L'infirme avait horreur de ce bruit qui le terrifiait et qu'il ne pouvait pas fuir. Il songeait au moment inéluctable où ces battements s'affaibliraient, s'estomperaient, cesseraient. Depuis qu'il vivait dans un fauteuil, la mort lui paraissait beaucoup plus terrifiante, beaucoup plus inacceptable. Il allait disparaître pauvrement, sans panache, ligoté déjà par la mort de ses jambes. Il ne laisserait rien, pas même des regrets. Son existence ressemblait à un tapis qui s'enroulait sur ses talons. Est-ce qu'un homme avait trouvé le moyen de faire du lait avec de l'herbe ? Il enviait ceux qui peuvent se retourner, parvenus au bout de leur route, et pleurer sur leur sillage. Constantin Tziflakos ne laissait pas de sillage derrière lui.

— Tu as mal ? demanda Clémentine.

Il tourna vers la jeune fille ses yeux harassés. Elle le considérait avec intérêt, mais sans marquer d'inquiétude. Il fut frappé par ce manque de compassion. L'indifférence est plus impitoyable que la haine. Il aurait aimé trouver de l'anxiété dans les yeux de sa jeune nièce.

— Pourquoi me demandes-tu cela ?

— Tu te tiens la poitrine.

— C'est mon cœur ; il cogne fort ?

Elle s'approcha et demanda, en baissant le ton :

— Tu as peur, hein ?

Il s'assura qu'Elisabeth ne se trouvait pas à portée de voix et murmura pitoyablement :

— Oui, très peur.

— Il était l'amant d'Héléna ?

Tonton secoua énergiquement la tête.

— Qu'est-ce que tu vas imaginer là ? Il n'y avait que de l'amitié entre eux !

— Tu es sûr ?

— Puisque je te le dis ! De l'amitié et c'est tout !

Elle hocha la tête, pas convaincue le moins du monde. Dans la cuisine proche, sa mère préparait du thé à la menthe comme chaque jour à la même heure. L'odeur caractéristique de la menthe flottait déjà dans la maison. Une odeur réconfortante.

— Non ! déclara Clémentine Pas de l'amitié. Il n'était peut-être pas son amant, mais je suis certaine qu'ils s'aimaient.

— Elle t'avait parlé de lui ? s'étonna-t-il.

— Non, mais je les ai vus ensemble, moi aussi.

— Quand ? croassa l'infirme.

— Oh ! plusieurs fois… Je les observais.

Elle réfléchit et eut cette réflexion déconcertante qui laissa Tonton songeur.

— C'était joli !

Le vieillard se voila les yeux. Les battements de son cœur redevinrent normaux et réintégrèrent le lent bruissement de sa vie.

— C'est vrai, chuchota-t-il, c'était joli.

— Papa et Henrico sont allés chez lui ?

— Probablement.

— Tu crois qu'ils vont lui faire du mal ?

L'infirme laissa retomber sa main et cligna des yeux à la lumière retrouvée.

— Ils veulent savoir. C'est normal, non ?

— Evidemment.

— Le policier avait l'air de croire que c'est Sauvage qui a tué Héléna. Ça te paraît possible, à toi ?

C'était justement la question que se posait Tonton depuis le départ de son frère. Il l'examina une fois de plus et secoua la tête.

— Ça ne me paraît pas possible, assura-t-il.

— C'est un garçon si doux... Mais sait-on jamais ?

Il fit le poing et l'agita dans le vide.

— Si c'était lui, je l'étranglerais de mes pauvres mains, Clémentine, bien que je n'aie plus guère de forces !

Elle ne s'émut pas outre mesure de la menace.

Tonton était un vieux petit garçon bravache. Comme tous les faibles, il s'offrait parfois des éclats pour essayer de faire illusion, mais il n'avait jamais eu un véritable comportement d'homme et, si son frère ne l'avait pris en charge à l'âge où un individu n'a plus le droit d'être pauvre, Tonton serait sûrement devenu clochard. Déjà, à l'époque où Angelo s'était occupé de lui, bien avant la naissance de Clémentine, et même avant celle d'Héléna, Constantin Tziflakos menait une vie de colporteur guenilleux. En ce temps-là, il buvait du vin rouge, n'ayant pas les moyens de faire connaissance avec le whisky. C'était sa belle-sœur qui, par souci du standing, avait un jour décidé qu'il s'enivrerait désormais au scotch.

— Les voilà ! dit la jeune fille en baissant le ton.

L'infirme se pencha, mais l'auto venait de contourner la maison pour gagner l'ombre du hangar de cannis.

— J'ai rien vu, fit Tonton.

— Ils le ramènent, révéla Clémentine.

Tonton fut surpris plus qu'alarmé. Il pensait que son frère et son neveu s'étaient rendus chez François Sauvage afin d'obtenir du peintre une explication. Il n'imaginait pas qu'ils le ramèneraient, et leur dessein lui échappait.

Il les vit gravir le perron de bois. Sauvage marchait entre les deux hommes en noir, les mains enfouies dans les poches ventrales de son pantalon de toile. Malgré cette allure dégagée, on le devinait prisonnier de ceux qui l'escortaient. Sa pommette tuméfiée ne saignait plus, mais une forte enflure mettait de l'asymétrie dans son visage. Comme ils pénétraient dans le *living*, Elisabeth sortit de la cuisine avec le plateau pour le thé. Un mince filet de vapeur rectiligne sortait du bec de la théière. La femme d'Angelo s'arrêta en voyant Sauvage. La vapeur dansa un instant devant sa figure blême. Le peintre la salua machinalement d'un hochement de tête. Elisabeth détourna la tête et posa le plateau sur la table. Elle disposa les tasses en demi-cercle ainsi qu'elle le faisait tous les jours, puisant un regain d'énergie dans la routine.

— Asseyez-vous ! invita Angelo en écartant une chaise de la table.

Sauvage hésita et s'assit. Ses yeux rencontrèrent ceux de Clémentine. Il sourit à la jeune fille qui détourna la tête.

Elisabeth emplit les tasses avec des gestes prompts et précis. Elle semblait ne pas s'intéresser à l'arrivant et même ignorer sa présence. Angelo s'empara de la première tasse et se mit à souffler dessus. Il buvait le thé sans sucre et, depuis longtemps, on ne lui mettait plus de petite cuiller. Il goûta le breuvage, souffla dessus à nouveau et porta la tasse au niveau de son nez.

Personne ne parlait, chacun lui laissant l'initiative. Il était le maître absolu. Henrico lui-même s'effaçait, soucieux de ne pas troubler son beau-père. Elisabeth regardait son mari avec admiration. Elle le revoyait tel qu'il s'était présenté à la plantation jadis, devant son père à elle, trapu, déjà massif, avec des yeux fermes et hardis. Il venait briguer une place de contremaître. Le père Vaudoyen jouait les gentlemen-farmers et l'affaire périclitait. Trop de réceptions, trop de bridges, trop de séjours sur la Côte d'Azur qu'on appelait à l'époque la Riviera. Il avait cueilli négligemment les certificats d'Angelo entre le pouce et l'index, les parcourant en les tenant éloignés de sa personne, comme s'ils eussent été des papiers gras. Elle se trouvait dans la loggia, sous l'escalier, à l'endroit précis où Héléna… C'était déjà le même canapé, avec d'autres coussins, recouverts d'une tapisserie en points de Hongrie. Elle avait vu ciller Angelo, une rougeur avait envahi le front du garçon et il devait lui avouer plus tard que si elle ne lui avait pas souri à ce moment-là, il aurait arraché ses certificats de la main de Vaudoyen et serait parti sans un mot.

Un an plus tard, comme, malgré ses efforts, l'exploitation tournait au désastre, il était entré dans la pièce alors que la famille dînait. Quelque chose de très intense luisait sous ses gros sourcils.

— Que vous arrive-t-il, Angelo ?

Sans chercher à s'excuser, il était venu se planter devant le père d'Elisabeth.

— Il m'arrive qu'on ne peut plus continuer sur ces méthodes-là, monsieur Vaudoyen. C'est la débâcle ! Si vous ne me donnez pas carte blanche, d'ici moins de six mois, votre affaire est foutue.

Un homme qui pénétrerait nu dans une église ne ferait pas davantage sensation.

— Et à quel titre vous donnerais-je carte blanche, Angelo !

— Pourquoi pas au titre de gendre, par exemple ?

Le plus étonnant, c'est qu'il n'avait presque jamais adressé la parole à Elisabeth ! Il ne la regardait même pas…

Le père Vaudoyen était resté la fourchette en l'air, l'œil rond, la moustache hérissée.

— Vous allez me foutre le camp immédiatement, espèce de sale Grec !

L'insulte n'avait pas troublé Angelo.

— Très bien, monsieur Vaudoyen, mais n'oubliez tout de même pas que les Grecs ont bâti le Parthénón, eux !

Il était sorti, et c'est alors qu'Elisabeth, comme en état second, avait posé sa main nerveuse sur celle de son père, tremblante de courroux :

— Laissez-moi l'épouser, père !

Elle aussi venait de faire son petit coup d'Etat.

— Tu l'aimes ?

— Non, mais je l'admire. Je crois que nous ferions un vrai couple !

Elle n'avait jamais aimé Angelo, du moins d'amour… Mais son admiration demeurait intacte après plus de vingt-cinq ans de mariage.

Angelo but sa tasse à petites gorgées Il regardait François Sauvage tranquillement, pensivement, comme si d'autres images s'intercalaient entre eux deux. On n'entendait que le bruit désagréable de sa déglutition. Il avalait son thé par saccades et chaque gorgée absorbée ressemblait à une pierre lâchée dans un puits.

— Pourquoi n'êtes-vous pas venu à l'enterrement de ma fille, monsieur Sauvage ?

CHAPITRE II

Ils s'attendaient si peu à cette question, tous, qu'ils en furent interloqués.

Mal à l'aise, le peintre haussa les épaules. La personnalité de Tziflakos le paralysait. Il aurait aimé lui expliquer qu'assister à des funérailles constituait à son sens un acte inutile et qu'il avait banni de sa vie toutes les conventions hypocrites. Il renonça à lui dire que le cercueil d'Héléna ne représentait rien, non plus que la foule qui le suivait. Il craignit de ne pouvoir se faire comprendre et préféra se réfugier dans le silence.

— Vous connaissiez Héléna, pourtant ? insista Angelo.

François acquiesça.

— Depuis longtemps ?

— Je connais tous les Européens d'ici, biaisa Sauvage.

Henrico bondit sur lui et le gifla d'un revers de main sur sa pommette endolorie qui, aussitôt, se remit a saigner. Clémentine poussa un cri.

— Va dans ta chambre, lança Elisabeth à sa fille.

Cet ordre ne sous-entendait-il pas qu'elle adhérait à la brutalité d'Henrico ? Clémentine ne broncha pas et on l'oublia.

Angelo s'assit de l'autre côté de la table, en face du peintre. Henrico restait debout, près de Sauvage. Il avait une sorte d'étoile sanglante sur sa main et la contemplait farouchement.

— Je me doute que vous connaissez les Européens de la région, monsieur Sauvage. Nous ne sommes plus tellement nombreux…

Il se racla la gorge et se mit à caresser les poils de ses doigts.

— Ce que j'aimerais savoir, c'est depuis combien de temps vous parliez à ma fille.

— Quelques mois, répondit le jeune homme.

— Elle était devenue votre maîtresse ?

Il y eut un silence douloureux.

— Non, déclara enfin Sauvage. Elle était mon amie, ce qui est peut-être beaucoup mieux !

Henrico le saisit aux cheveux et lui renversa la tête en arrière.

— Ma femme ! s'étrangla le colosse. Ma femme, l'amie de ça !

Il voyait à l'envers le visage blême et meurtri de Sauvage et le trouvait laid et ridicule.

— Lâche-le ! enjoignit son beau-père.

Henrico repoussa violemment la tête de François. Celui-ci fut déséquilibré et tomba à genoux sur le plancher. Il se massa la nuque et se releva.

— Asseyez-vous ! reprit calmement Tziflakos.

Sauvage se rassit. Le sang coulait sur sa joue en une mince rigole hésitante qui brunissait rapidement. Le filet pourpre s'égarait dans le creux du menton avant de goutter sur la chemise blanche.

— Vous la rencontriez souvent ?

Ce qui frappa Clémentine à cet instant, ce fut l'aspect purement policier de la scène. Son père figurait le commissaire questionnant un prévenu. Henrico jouait le cogneur chargé de le mettre à la raison. Et Sauvage n'était-il pas réellement le suspect sur lequel pesaient les plus graves présomptions ?

— Presque tous les jours.

— Où ça ?

— Je venais ici ou elle venait chez moi.

— Comment saviez-vous que nous étions absents ?

— Elle me téléphonait.

Henrico soufflait du nez, bruyamment, comme un porc fouille du groin dans son auge pleine. Il y avait du massacre plein ses mains. Elisabeth le sentit et, pour l'apaiser un peu, lui prit le bras. Le garçon se dégagea brusquement. Il ôta son veston noir, le jeta en direction d'un fauteuil qu'il manqua, et le vêtement tomba sur le plancher. Il ne s'en aperçut même pas.

— Chez vous, poursuivit Angelo, qu'est-ce que vous faisiez ?

— Rien. Elle regardait mes toiles et nous parlions peinture.

— Et ici ?

— Ici aussi, nous parlions.

— Parler ! Parler ! gronda Henrico. Il se moque de nous, père ! Héléna ne disait jamais rien. C'était pas une fille bavarde, vous le savez bien.

Sauvage se retourna et le regarda. Les muscles d'Henrico tendaient à bloc sa chemise de ville. Jamais il n'avait donné une telle impression de force.

— Ça dépend avec qui, murmura François.

Henrico donna un coup de genou dans la chaise d'où Sauvage bascula pour la seconde fois. Docilement, il se remit debout, mais cette fois il ne s'assit pas.

— Qu'aurait-elle pu trouver à vous dire, puisque vous êtes une brute ? dit-il à Henrico.

Angelo étendit la main.

— Ne le touche pas, Henrico ! Attends !

Déjà, son gendre avait noué ses mains au col de la chemise du peintre. Il était gris de haine.

Tonton s'approcha vivement dans son fauteuil grinçant. Il saisit son neveu par la ceinture et le tira en arrière.

— On t'a dit de le lâcher, mon gars ! Faut pas y toucher tant qu'on ne saura pas.

Henrico lâcha prise. Sauvage avait une épaule dénudée ; avec peine il rajusta sa fine chemise.

— Bon Dieu ! haleta Henrico, vous allez quand même me laisser casser la tête à cette guenille ! Si c'est son aveu qu'il vous faut, vous n'avez qu'à lui poser la question directement au lieu de chercher des détours !

— Quelle question ? demanda le peintre.

— C'est toi, hein ? grimaça le jeune veuf.

— Moi quoi ?

— Un instant ! coupa Angelo.

Il se leva en soupirant et vint à Sauvage. Il n'était guère plus grand que lui, et pourtant l'autre semblait fluet à son côté.

— La police nous a appris que ma fille ne s'était pas suicidée, monsieur Sauvage, mais qu'on l'avait assassinée.

Il répéta, en détachant durement chaque syllabe.

— As-sas-si-née.

Sauvage soutint son regard.

— On en est certain ?

— La trajectoire de la balle et l'absence d'empreintes sur le revolver en sont la preuve.

— Qui a pu faire ça ?

Angelo secoua misérablement la tête.

— Vous ! dit-il.

Sauvage regarda au-dehors. Le jour commençait a mourir. C'était l'heure terrible où, au cours des trois jours précédents, il se mettait à penser à Héléna. A y penser d'une façon particulière, comme on pense à une absence. Il prenait alors sa voiture et allait, loin de tout, dans un bois de pins qui sentait fort. Il se plaquait contre un tronc d'arbre, l'étreignait farouchement, frottant son front brûlant contre l'écorce rugueuse et se mettait à pleurer. Il pleurait jusqu'à ce que la nuit fût complètement tombée et que le bois devînt un enchevêtrement d'ombres.

— Vous ! répéta Angelo. D'ailleurs, c'est ce que

pense la police et si mon gendre n'avait fait un faux témoignage pour vous innocenter, vous seriez présentement en prison !

— Pour m'innocenter ?

— Cette histoire est européenne, elle n'est pas arabe ! dit seulement Angelo.

Sauvage comprit et une obscure crainte lui fouailla les entrailles. Il méprisait sa peur sans parvenir à la dominer.

— Pourquoi pense-t-on que j'ai pu tuer Héléna ?

— Je te défends de l'appeler Héléna ! gronda Henrico. Qu'est-ce qui te permet ? Héléna… (Sa voix se brisa.) Héléna, c'était pour nous, juste pour nous…

Il implora sa famille :

— Vous le savez bien, vous autres ! Vous n'allez pas tolérer que ce salaud se permette de l'appeler Héléna, tout de même !

— Je sais si bien prononcer son nom, pourtant, dit Sauvage.

Il sentit couler une larme sur sa pommette éclatée et ce pleur le brûla comme de l'acide.

La colère d'Henrico ressembla à de l'affolement. Il ne sut plus, tout à coup, s'il avait envie de tuer cet homme ou de se tuer lui-même. Il franchissait une frontière inconnue au-delà de laquelle l'attendait un univers régi par des lois qu'il ignorait. Comment cet être fragile, ce barbouilleur de blanc, ce petit snob intellectuel pouvait-il le braver avec une telle persévérance, malgré les coups reçus et le danger qui le guettait ?

Son audace était faite d'innocence. Sa faiblesse ressemblait à un tranquille défi.

— Vous pleurez ! dit Elisabeth, comme on avertit quelqu'un du désordre de sa toilette.

Sauvage appliqua ses doigts sur sa plaie pour étancher les larmes, mais elles s'étaient déjà mêlées au sang.

— Si vous pleurez, c'est que vous l'aimiez ! raisonna Angelo.

Le peintre eut l'air surpris.

— Evidemment que je l'aimais !

— Et vous dites que vous étiez amis, seulement amis ?

— Ce n'est pas un obstacle à l'amour, l'amitié, monsieur Tziflakos !

— Vous prétendez aussi qu'elle n'était pas votre maîtresse.

— Parce qu'elle ne l'était pas.

— Je voudrais que vous me précisiez très exactement la nature de vos relations.

François Sauvage secoua la tête.

— Ce n'est guère possible.

— Essayez !

François parut hésiter, puis il secoua la tête.

— Je préfère pas. Je vous dis seulement qu'elle n'était pas ma maîtresse, cela doit vous suffire !

— Père ! appela Henrico, laissez-le-moi, je me charge de le faire parler.

Angelo se débarrassa de la requête d'un coup

d'épaule importuné, comme on se défait d'une charge légère.

— Venons-en à l'après-midi du meurtre, fit-il.

Elisabeth regardait fumer le thé dans les tasses. Seul son époux avait vidé la sienne. Le breuvage sacro-saint refroidissait. Elle présenta l'une des tasses à Clémentine qui la prit d'une main tremblante. La jeune fille goûta le thé et eut du mal à avaler la faible gorgée.

— Eh bien ? demanda Sauvage à Tziflakos. Que voulez-vous savoir ?

— C'est vous qui avez tué Héléna, n'est-ce pas ?

La douceur de la question contrastait avec son importance.

— Je vous ai déjà répondu que non.

— Vous ne l'avez pas rencontrée le jour de sa mort ?

— Non !

— La police prétend qu'on vous a vu, au volant de votre 2 CV, dans le chemin qui conduit à notre plantation.

— Je ne suis pas venu jusqu'ici. Je me suis arrêté dans un champ, pour peindre.

— Qui le prouve ?

— Qui prouve que je sois venu ?

Angelo se gratta la nuque d'un air ennuyé. Il commençait à se dire qu'il est difficile de suppléer la police.

CHAPITRE III

— Vous voulez bien me laisser un moment seule avec lui ? fit brusquement Elisabeth.

Son mari fronça les sourcils : mais il lut une telle résolution dans les yeux de sa femme qu'il céda sans tergiverser.

— D'accord, Elisabeth.

— Pas moi, dit Henrico.

Il dégrafa les poignets de sa chemise dont il se mit à rouler les manches. Comme tous les manuels, il les roulait serré, sans souci de les froisser.

Il s'avança. L'échec de son beau-père le survoltait. Ses biceps énormes dansaient sous sa peau, se dilatant et s'affaissant alternativement, comme la poche de caoutchouc d'un appareillage d'anesthésiste. Ses longs poils noirs hérissés augmentaient encore le volume de ses formidables avant-bras.

— C'est moi que vous allez laisser seul avec lui ! Je vous jure qu'il avouera. Car c'est lui ! Vous le savez tous, que c'est lui.

— Fiche-nous la paix, Henrico, dit sèchement Elisabeth. Je veux avoir une conversation avec cet homme, seule à seul. C'est clair, non ?

Henrico ne s'avoua pas vaincu.

— Je suis le mari ! objecta-t-il.

— Et moi, je suis la mère ! repartit Elisabeth. Sortez, vous dis-je !

— Laissons-les ! commanda Angelo en se dirigeant vers la porte. Il tint le panneau grillagé ouvert et fit signe à son frère de sortir. Tonton roula son fauteuil sur la véranda. Clémentine le suivait. Henrico attendit, mais son beau-père tenait toujours la porte et le regardait. Mal résigné, le garçon ramassa sa veste sur le plancher. Son portefeuille s'était échappé du vêtement et gisait sous la table. Il était ouvert à moitié et la photographie d'Héléna apparaissait. Une image qui datait de leurs fiançailles ! Quelques années plus tôt, Henrico était venu livrer du matériel agricole pour le compte d'une maison américaine dont son père était concessionnaire... Pendant plusieurs jours, il avait habité la plantation afin d'apprendre le fonctionnement des engins aux ouvriers indigènes. La beauté d'Héléna l'avait frappé et, une fois parti, ne pouvant l'oublier, il lui avait écrit de longues lettres maladroites et passionnées. L'idylle avait été épistolaire pendant plusieurs mois. Il se rappelait ses tourments lorsque, le soir, dans sa chambre de jeune homme, il entreprenait une missive. Il avait à portée de la main un dictionnaire auquel il faisait appel à chaque phrase et il lui arrivait de téléphoner à des amis pour leur lire des paragraphes entiers et leur demander si le français en était correct.

Il dégagea complètement la photographie du portefeuille et l'examina attentivement. Il eut l'impression de découvrir un visage absolument inconnu. Jusqu'alors, pour Henrico, l'amour était une chose très simple : je t'aime, tu m'aimes, on se marie et on est heureux.

— Eh bien ! tu arrives, oui ? grommela son beau-père.

Le soleil devenait tout rouge et semblait se diluer dans le ciel immense. On eût dit que l'oliveraie proche flambait. La terre aussi était rouge, d'un beau rouge tirant sur l'indigo et qui étincelait.

Henrico tenait sa veste sous son bras gauche et brandissait la photographie d'Héléna de sa main droite. Angelo lâcha la porte à va-et-vient qui lui battit les fesses.

— Il me semble que ce n'est plus elle, murmura Henrico en lui mettant l'image sous le nez.

Angelo considéra la photographie de sa fille. Il s'agissait d'une photo d'identité que sa femme avait fait agrandir parce que le cliché était bon.

— C'est bien elle, assura-t-il.

Il fixait la tempe d'Héléna. Il essayait de se faire une idée approximative du destin, de prendre notion du temps, non pas du temps journalier dont les horlogers font leur affaire, mais d'un temps plus vaste, quasi sidéral. Un temps à la mesure de l'éternité dans laquelle s'inscrivent les aventures humaines.

Est-ce que, au moment ou l'on avait réalisé cette épreuve photographique, il était prévu qu'une balle ravagerait cette tempe où moussaient des cheveux fous ?

— Regarde. Clémentine !

Henrico montra la photo à sa jeune belle-sœur. Clémentine ne fut pas émue. Pour elle, sa sœur, c'était autre chose qu'une image sur un carton glacé.

Un âne se mit à braire, tout proche. Son cri ridicule ressemblait à une plainte immense, interminable, qui remplissait tout le couchant.

*
* *

— Pourquoi ne dites-vous pas la vérité ? demanda Elisabeth.

— Qu'est-ce que ça signifie, la vérité ? riposta Sauvage.

Il boutonna sa chemise malmenée par Henrico et rentra un pan qui sortait de son pantalon. Il avait la bouche sèche et un grand chavirement dans le crâne. Il s'approcha de la table, montra une tasse de thé pleine et murmura :

— Je peux ?

Elisabeth fit « oui » de la tête. Il prit la tasse à l'envers, l'anse tournée vers l'extérieur, et but son contenu d'un trait.

— C'est vous qui avez tué ma fille, monsieur Sauvage !

— Non, madame !

— Vous êtes venu ici le jour du drame.

— Non, madame !

— A quel endroit vous êtes-vous arrêté pour peindre ?

— Derrière l'oliveraie.

— Et vous avez peint quoi ?

— Le panorama. Héléna m'avait montré cet endroit un jour. Du haut de la colline, on voit la mer. Elle apparaît à travers deux vallonnements. Il y a le vert sombre des oliviers, la terre rouge, et puis la mer pareille à un morceau de ciel planté dans le sol...

— Je sais... Vous avez travaillé longtemps ?

— Plusieurs heures.

— Et vous n'êtes pas venu jusqu'à la maison ?

— Non.

— Pourtant, nous n'y étions pas. Héléna a dû vous téléphoner pour vous l'annoncer, puisque c'était son habitude ?

— Elle ne l'a pas fait ce jour-là.

— Pourquoi, selon vous ?

— Peut-être n'avait-elle pas envie de me voir ! Le paysage que vous avez brossé doit se trouver dans votre atelier, je suppose ?

Sauvage baissa la tête.

— Il n'y est plus. Je l'ai détruit.

— Il ne vous satisfaisait pas ?

— Non. Je ne le sentais pas... Et je ne garde pas les toiles de moi que je n'aime pas... ou qui ne m'aiment pas.

— Vous êtes au courant, pour le revolver ? demanda Elisabeth après l'avoir longuement dévisagé.

— Au courant de quoi ?

— C'est celui de mon mari.

— Je l'ai en effet entendu dire.

— Il se trouvait dans un tiroir secret du secrétaire de notre chambre... Et seuls, les membres de la famille connaissaient la cachette.

— Alors, c'est Héléna qui aura pris l'arme !

— Pourtant, elle n'a pu se suicider. Vous voudriez savoir ce que je pense. monsieur Sauvage ?

— Dites toujours, madame.

— Je pense que vous aimiez ma fille !

— Aimer me paraît faible, tout à coup, soupira François. C'est un mot qui a trop servi.

— Seulement, elle, elle ne vous aimait pas ! Elle n'avait que de l'amitié pour vous...

Il s'abstint de répondre. Le *living* sombrait dans une obscurité veloutée que brassaient mollement les ailes blafardes du grand ventilateur.

— Vous ne me répondez pas ! insista Elisabeth.

— Que vous répondrais-je, alors que vous exprimez une hypothèse ?

— Vous pourriez au moins me dire si elle vous paraît valable.

— A moi, non, mais vue de l'extérieur, elle se tient parfaitement !

— Vous croyez qu'elle vous aimait ?

Il mit ses deux mains en coquille devant son visage

blessé. Il resta ainsi un long moment, abîmé dans le noir. Il revivait un instant de sa vie.

— Elle m'a aimé, affirma-t-il sourdement Elle m'a aimé pendant une seconde au moins…

— Que voulez-vous dire ?

— Ce que j'ai vécu avec Héléna n'appartient plus qu'à moi, madame ! Cette seconde à laquelle je fais allusion, c'est le seul bien qui me soit cher, alors je le garde !

Elle ressentit le découragement qu'avait éprouvé Angelo un instant plus tôt.

— Je vais tout de même continuer jusqu'au bout mon hypothèse.

— Je vous en prie !

— Pour une raison qui m'échappe encore, Héléna est allée chercher le revolver dans notre chambre.

— Pour se protéger de moi ?

— Qui sait ?

Il recula de deux pas et écarta légèrement les bras de son corps. Il ressemblait à un mime exprimant la faiblesse.

— Regardez-moi, madame. Ai-je l'air d'un homme qu'on reçoit avec un revolver ?

Dans son for intérieur, Elisabeth dut convenir que non. Une grande douceur et pas mal de poésie se dégageaient de cet homme. Il semblait infiniment fragile, sans pourtant être pitoyable. On devinait, à le regarder attentivement, l'énergie qui l'habitait. Sauvage était gracieux de silhouette et assez beau de visage, mais son regard primait tout. Il enjôlait par sa tendresse et intimidait par son intelligence.

Elle croisa ses bras sur sa poitrine. Il fallait qu'elle termine son raisonnement. Elle n'y croyait plus, mais s'obstinait à poursuivre parce que c'était dans le tempérament d'Elisabeth d'aller au bout de ses entreprises.

— Peut-être cherchiez-vous à abuser d'elle ?

Il eut une réponse qui la fit tressaillir :

— Vous savez bien que non !

Les bras de Sauvage retombèrent. Quand il avait les bras ballants, sa silhouette restait élégante, aisée. Il n'avait jamais cette attitude empêtrée d'Henrico qui, lui, charriait ses poings comme un ânon coltine deux sacs sur son dos.

— … Elle a voulu vous menacer…

Elisabeth s'interrompit. Ses mains nerveuses pétrissaient les replis de son corsage noir.

— Et peut-être s'agissait-il d'un jeu, après tout ! Tenez, je vous tends la perche, monsieur Sauvage. Disons qu'Héléna et vous chahutiez avec un revolver. Le coup est parti. Hein ? Dites ! implora-t-elle. C'est cela : un jeu idiot ! Rien qu'un jeu… Le coup est parti ! Ensuite, vous avez perdu la tête et essuyé l'arme.

Il eut un étrange et désarmant sourire.

— Non, madame ! Vous vous trompez.

Elle décroisa ses bras et marcha sur François, les mains en avant, comme un aveugle se déplace dans un lieu inconnu.

— Vous n'allez pas me laisser mourir de doute ! Vous ne croyez pas que j'ai suffisamment de chagrin comme cela ? Répondez ! Ma fille est morte ! On vient de la descendre dans un trou ! Je veux savoir ce qui lui est arrivé ! Il me faut la vérité, pour la paix de mon cœur et pour le repos de son âme ! La vérité ! Je veux la vérité ! Je veux la vérité !

Elle lui martelait les épaules à coups redoublés. Il subissait cette dérisoire attaque, la tête inclinée dans la posture d'un coupable repentant.

— La vérité ! La vérité ! criait-elle de plus en plus fort.

CHAPITRE IV

Angelo et son gendre entrèrent, alertés par les glapissements d'Elisabeth. Leur irruption la calma. Elle eut honte de s'être laissé emporter par la colère, car elle méprisait ses rares faiblesses.

— Rien de nouveau ? lui demanda son mari.

La voix lente d'Angelo acheva de l'apaiser. Elisabeth essuya son front en sueur. Elle avait du mal à reprendre son souffle.

Enfin, elle secoua la tête.

— Je suis sûre qu'il sait la vérité, dit-elle. Il n'a peut-être pas tué Héléna, mais il sait la vérité !

— Eh bien ! il va la dire, promit Henrico.

Il prit ses beaux-parents aux épaules et les refoula en direction de la véranda.

— C'est à mon tour, non ?

Angelo approuva :

— Exact, fils, c'est à ton tour !

Il ne fit aucune recommandation. L'instant était venu où les événements se déroulaient tout seuls, sans qu'il puisse les orienter, comme un wagon fou dévale une voie en pente.

Il rejoignit Tonton et Clémentine en tenant sa femme par le bras. Dans leurs vêtements de deuil, ils formaient un couple bizarre qui semblait s'être détaché d'un cortège lugubre.

— Tu les laisses seuls ? protesta Clémentine.

— Je pense qu'il le faut !

— Et s'il n'a rien fait ?

— Il a fait ! affirma Angelo.

— Qu'en sais-tu ? s'indigna la jeune fille.

— Plus j'y réfléchis, plus je dois me rendre à l'évidence : en effet, Héléna ne s'est pas tuée, elle n'a pas pu se tirer une balle dans la tête et essuyer le revolver ensuite. Donc, c'est quelqu'un d'autre. Quelqu'un qu'elle ne redoutait pas !

Clémentine s'adossa à la balustrade de bois. Pourquoi ne se sentait-elle pas solidaire du clan ? Pourquoi ne pouvait-elle s'empêcher de plaindre François Sauvage ?

L'âne faisait toujours entendre sa grande lamentation loufoque. Au loin, des confins enflammés, d'autres aliborons lui répondaient. Le triste concert avait quelque chose de désespéré, de désespérant, d'infiniment morne. Elle frissonna. Elle pensait à des villes européennes qu'elle n'avait fait que traverser au cours de vacances, mais dont le charme rassurant demeurait fiché dans sa mémoire. Elle se rappelait Rome à la même heure, si noble, si calme, où il faisait bon vivre. Là-bas, la nuit n'était pas une menace mais une confuse promesse. Elle se rappelait Nice, avec la baie des Anges bordée de pointillés lumineux… Et Paris, infini. Paris, multiple. Paris, généreux… Ici, le crépuscule était magnifique comme un Van Gogh, mais il ressemblait à un final d'opéra. On sentait qu'après lui un noir rideau tomberait et qu'une indéfinissable angoisse rôderait sur la campagne.

— Pourquoi dis-tu qu'Héléna ne redoutait pas ce quelqu'un alors qu'elle avait le revolver, objecta-t-elle.

— Parce qu'elle ne paraissait pas avoir eu peur. Tu te souviens de sa position sur le canapé ?

— Oui, renchérit la mère, on aurait dit que la mort l'avait surprise en plein bonheur.

Sa propre réflexion la fit tressaillir. En plein bonheur !… C'est vrai qu'Héléna n'avait jamais l'air heureux. C'est vrai qu'un voile de tristesse flottait sans cesse devant ses yeux et qu'elle parlait toujours comme une convalescente.

— C'est ce mystère que j'aimerais bien éclaircir, chuchota-t-elle. Pas seulement pour savoir qui l'a assassinée, mais surtout dans quelles conditions elle est morte. Sauvage le sait, lui. C'est un monstre de ne pas parler.

Angelo s'approcha du grillage pour regarder à l'intérieur de la pièce. Il ne vit rien que les deux taches claires dans l'ombre du *living*.

— Henrico le fera parler ! promit-il. Lui, il n'a pas que de la haine, il a, en plus de nous, de la jalousie !

*
* *

Il se produisait un phénomène déconcertant : les deux hommes étaient comme intimidés l'un par l'autre. Leur solitude les déroutait. Henrico, grisé par le pouvoir qu'il venait de s'arroger, ne savait comment l'utiliser. Sa rage fermentait en lui, doucereuse, amicale, presque bienfaisante. Elle lui apportait un instant de détente, lui masquait la triste réalité. Il s'assit sur un coin de la table, dans une posture qui lui était familière. Sauvage se tenait adossé au montant de l'escalier, regardant fixement les clous de cuivre de ses bottes dont les reflets s'éteignaient comme des escarbilles dans un âtre abandonné.

Il savait que la violence de son vis-à-vis n'était qu'endormie et qu'elle allait se réveiller. Il savait qu'elle serait terrible, que toute sa chair la subirait, qu'il en mourrait peut-être, mais il n'éprouvait plus la moindre crainte. Il venait de guérir de sa peur.

Henrico respirait fort, par le nez. Le fauve qui vient de traquer sa proie doit ressentir cette oppression voluptueuse.

— Venez ! ordonna-t-il soudain.

Il s'efforçait au calme et ne tutoyait plus le peintre. Il lui désigna l'escalier.

— On monte !

Sauvage gravit les marches couvertes d'une moquette élimée. Les tringles de cuivre fixant cette dernière étaient descellées et la moquette coulait dans l'escalier.

Parvenu au premier, Henrico précéda François et ouvrit une porte. Il actionna la lumière. Un lustre rococo, à frange de perles, s'éclaira, répandant dans la pièce une lumière verdâtre. La chambre comportait un lit capitonné, une commode Louis XVI garnie de saxes vieillots et deux fauteuils crapauds. Au mur, quelques eaux-fortes achevaient de jaunir dans des cadres d'ébène.

— Notre chambre ! annonça Henrico.

Il poussa Sauvage à l'intérieur de la pièce et demeura appuyé au chambranle de la porte. Il obstruait tout l'encadrement. Une odeur douceâtre flottait dans la chambre. On y avait monté le corps d'Héléna après les constatations et le parfum de la mort avait pris pour très longtemps possession des lieux. Le verre contenant de l'eau bénite et un rameau d'olivier était resté sur le marbre de la commode.

— Notre chambre ! répéta le veuf.

Sauvage lui jeta un regard incertain. Il ne comprenait pas pourquoi l'autre l'avait amené là.

Henrico désigna le lit. Il dit encore, du même ton neutre :

— Notre lit !

François regarda le lit. Il eut beau s'y efforcer, il n'imagina pas Héléna sur cette couche banale. Son Héléna à lui appartenait à un univers si différent !

— C'est là que nous faisions l'amour ! insista Henrico.

Sauvage ne ressentit rien d'autre qu'une obscure

pitié pour Henrico. Le pauvre garçon ne savait pas plus être jaloux qu'il ne savait se trouver une position de repos. Sa peine et sa colère ressemblaient à ses grosses mains : elles pendaient le long de son grand corps.

— Si vous saviez ce qu'elle pouvait se foutre de votre peinture à la noix, dans ces moments-là !

Henrico quitta l'encadrement.

— Ça vous fait rire ?

— Je ris ? s'étonna Sauvage.

Son tourmenteur le fil pirouetter afin de le placer face à une glace.

— C'est vrai, reconnut le peintre, je souris.

— Il va falloir me dire pourquoi ! déclara Henrico.

Jamais il ne s'était senti autant bafoué par le petit homme.

— A cause de vous, je pense, dit Sauvage. Qu'espériez-vous donc en me montrant votre chambre, hein ? Que j'éclaterais en sanglots ? Que je mourrais d'une jalousie rétrospective ? Comme vous êtes simple !

Il marcha à la tête du lit et s'accouda au montant tendu de satin bleu.

— Bon. Voici donc le lit dans lequel vous faisiez l'amour à votre femme. Et alors ?

Henrico s'ébroua. Il se trouvait en pleine déroute. Il regarda son interlocuteur pour vérifier s'il ne s'agissait pas d'une bravade, mais la tranquillité un peu sévère de Sauvage dissipa le doute.

— Elle m'aimait ! dit Henrico. Nous deux, c'était une vraie passion.

Le sourire revint sur les lèvres de François.

— Vous ne me croyez pas ?

— Non ! laissa tomber le peintre.

— Pourquoi ? aboya Henrico.

— Parce que je ne vous crois ni capable d'éprouver une passion ni surtout capable d'en provoquer une !

— Je vous tuerai ! décida le gendre de Tziflakos.

— Je sais ! C'est une réaction logique venant de vous ! Et je vais vous apprendre une chose, monsieur le mari d'Héléna : vous ne me tuerez pas parce que vous croyez que j'ai assassiné votre femme, mais parce que vous sentez que j'ai été aimé d'elle !

« Vous n'êtes pas un justicier, mais un jaloux ! Un jaloux sanguin ! Un jaloux bête ! »

Henrico fonça et lui lança son pied dans le ventre ! Sauvage poussa un cri rauque et s'effondra sur le tapis, plié en deux par la douleur. Il s'agitait en chien de fusil, luttant désespérément contre l'asphyxie. Henrico s'assit sur le lit et, les mains croisées entre ses jambes écartées, regarda se tordre sa victime. La souffrance du peintre ne calmait pas la sienne. Elles demeuraient étrangères l'une à l'autre. Sauvage finit par se détendre et resta allongé sur le flanc, les yeux fermés, les lèvres décolorées, cherchant à contenir une violente nausée. Du temps passa et il rouvrit les yeux.

— Vous l'avez bien cherché, dit Henrico.

D'un battement de cils, François admit la chose.

Henrico se laissa tomber à genoux près de lui et s'assit sur ses talons.

— Dites, reprit-il, si vous me racontiez, ce serait tellement mieux, non ?

— Vous raconter quoi ?

— Elle et vous…

Sauvage referma les yeux, non plus pour emprisonner sa douleur, mais pour cacher son infinie tristesse.

— Excusez-moi, mais vous ne comprendriez pas !

— Parce que je suis un imbécile ? grogna Henrico.

— Parce que vous êtes le mari.

Henrico s'effondra sur le lit et se mit à sangloter en pétrissant la courtepointe. Il pleurait comme un gamin. François se remit debout avec dans tout le ventre un mal vorace. Il s'efforçait cependant de passer outre, de l'oublier, sachant que le calvaire ne faisait que commencer et qu'il allait lui falloir encore beaucoup de courage pour endurer la suite. Pour le moment, le bourreau pleurait, mais il pleurait sur son propre sort et n'avait pitié que de son malheur à lui !

Le peintre attendit, le dos plaqué au mur, ses fines mains nouées serrées sur son ventre en feu. Henrico cessa de sangloter. Sa figure écarlate avait l'air d'avoir bouilli. Ses yeux injectés de sang lui sortaient des orbites.

Il se releva, torcha ses pleurs en deux coups de patte et fourra ses mains dans les poches de son pantalon, comme pour se débarrasser d'elles.

— Ecoute, fit-il sourdement, reprenant le tutoiement en croyant qu'il marquait le mépris. Ecoute, il ne faut pas t'occuper de ce que je peux comprendre ou non. Dis la vérité sans t'inquiéter du reste, ça va ?

Comme François ne répondait pas, il lui administra un coup de genou entre les jambes.

— Maintenant, c'est fini les mascarades, Sauvage. Je te pose des questions et tu y réponds. Si tu n'y réponds pas, je cogne. Je peux t'arracher la viande des os, tu sais ?

— Je sais, répondit François.

Il leva son regard jusqu'au lustre d'opaline verte. Avec sa frange de perles blanches et rouges, il avait quelque chose d'infiniment douillet et rassurant.

— Ça vient, oui ?

— Je n'ai rien à vous dire.

Henrico sentit un curieux affolement dans tous ses muscles. Il pouvait massacrer François, seulement c'était trop facile. Il manquait de moyens pour le convaincre.

— Pour te prouver que je peux comprendre, je vais, moi, te parler de nous deux… Nous deux…

Il s'étrangla en répétant les deux mots, fit la grimace de quelqu'un avalant de travers et se mit à haleter. Le chagrin revenait, telle une noire et inexorable marée. Il ne pouvait le fuir. La grosse vague du désespoir montait à l'assaut de son énergie et de sa haine. Il en fut inondé. La crise dura plusieurs minutes. Henrico ne voulait plus donner à son rival le spectacle de ses sanglots. Il se contenait à bloc, faisant grincer ses dents de fauve.

Lorsqu'il put contrôler ce déferlement, il gagna la salle de bains, ouvrit en grand le robinet du lavabo et mit sa grosse nuque sous le jet froid. François l'attendit dans la chambre. Il regardait un poisson d'argent porte-épingles posé sur la commode et trouvait cet objet bête et disgracieux.

— Ça va mieux, assura Henrico, comme pour rassurer.

Ses cheveux bruns étaient collés et l'eau dégoulinait sur sa chemise.

Il sourit.

— Je te disais. Héléna et moi, ça existait. Si je t'ai montré notre lit. c'est pour que tu le comprennes bien. Quand je l'aimais, elle participait, crois-moi. Et même, elle aimait que je l'aime !

Il regarda le lit, cherchant sur l'écran blanc de la courtepointe quelque reflet de leurs délices disparues.

— Et puis, poursuivit-il, il ne faut pas croire que je suis une brute ! Il n'y a pas plus tendre que moi. Je l'aimais tellement que les caresses les plus douces me devenaient faciles. Je trouvais des mots. Je ne me rappelle plus, mais ils étaient jolis. Des mots qui viennent comme ça, quand on aime, quand on est dingue d'amour… Intellectuellement aussi. Qu'est-ce que tu crois, hein ? Que je suis ignare ? Quand il y avait des tournées théâtrales, je l'emmenais. On s'habillait. Tu te figures que ça ne me va pas, le bleu croisé, dis, Sauvage ? Après le spectacle, on allait souper au champagne, à la *Puerta del Sol* ou ailleurs. Tu veux que je te dise ce que c'était, pour moi, le grand moment de la soirée ? Notre retour ! Je roulais lentement. D'une main… De l'autre, je lui caressais la cuisse, doucement. La lumière du poste de radio, toute petite… Je regardais… Quand je retirais ma main, vite, elle rabaissait sa jupe.

— Toutes les femmes ! murmura François.

— Hein ?

— Toutes les femmes rabaissent leur jupe après une caresse.

— Pourquoi dis-tu cela ?

— Parce que c'est vrai. Et c'est cela qui nous enchante : leur pudeur après l'impudeur de nos gestes.

Ils se turent. Henrico promenait sa main dans la toison de sa poitrine à travers l'échancrure de la chemise.

— Tu entends le bruit que ça fait ? demanda-t-il.

Les rudes poils caressés produisaient un léger pétillement de paille enflammée.

— Tu entends ? Elle aimait faire ça. Le dimanche matin, tiens… Je dormais encore. Elle me réveillait comme ça. Elle regardait le plafond et sa main se baladait sur ma poitrine, les doigts écartés, toujours, comme un râteau…

— Elle regardait le plafond ? demanda Sauvage.

— Oui.

Henrico se rembrunit instinctivement, alerté par la question. Il attendit la suite, mais ça ne vint pas. Alors il reprit.

— Elle regardait toujours le plafond. Quand je lui en demandais la raison, elle me répondait qu'elle y voyait des choses…

— Elle les voyait ! assura le peintre.

— Quelles choses, à ton avis ? Elle n'a jamais voulu me répondre.

— Elle ne pouvait pas vous répondre. Les choses en question, on les regarde avec son âme, pas avec ses yeux.

— De quoi parliez-vous quand vous étiez ensemble ? questionna Henrico à brûle-pourpoint.

— On m'a déjà demandé. J'ai répondu : de tout ! De ses timbres, de ma peinture, de la vie !

— C'est vague !

— Ça finissait par prendre un sens, pourtant !

— Tu lui disais que tu l'aimais ?

— Oui, souvent !

Henrico dégagea sa main de sa chemise, mais il n'alla pas au bout de sa brutalité.

— Oh ! cognez si ça peut vous soulager ! soupira Sauvage.

Le veuf secoua la tête.

— Pas encore ! Parle !

— C'est tout !

— Et elle, elle t'a dit qu'elle t'aimait ?

Sauvage ne répondit pas.

— Avoue qu'elle ne te l'a jamais dit ! Mais avoue donc ! tonna Henrico. Et c'est parce qu'elle n'a jamais voulu te le dire que tu l'as tuée !

— C'est ridicule ! Quelle façon sommaire de concevoir un drame ! Non !

— C'est bon ! Je vais te cogner jusqu'à ce que tu avoues !

— Je n'avouerai pas !

Sauvage secoua la tête et rit nerveusement.

— Selon vous, cela se serait passé de la manière suivante : je lui aurais dit « Puisque vous ne voulez pas m'aimer, allez donc me chercher le revolver de votre père, que je vous tue. »

Un formidable soufflet le fit taire. Il vit sur le visage d'Henrico que son martyre allait vraiment commencer.

CHAPITRE V

L'air fraîchit et Tonton libéra un formidable éternuement.

— Rentrons ! fit Elisabeth.

Elle pénétra la première dans le *living* et donna la lumière. L'éclairement de la grande pièce laissait à désirer. Même après qu'on eut actionné toutes les lampes, de grandes zones d'ombre subsistaient.

Ils s'assirent autour de la table, l'oreille tendue, guettant les bruits.

— On n'entend rien, hein ? demanda Tonton qui commençait à douter de son ouïe.

— Je vais voir ! décida Angelo.

Il se dressa et, avant de s'engager dans l'escalier, jeta un regard à la table. Sa femme et sa fille ne le perdaient pas de vue.

— J'aimerais savoir ce que vous pensez, dit-il.

Venant de Tziflakos, ces paroles surprenaient. Il n'attendit d'ailleurs pas de réponse car il ne s'agissait pas d'une véritable question. Son pas pesant fit gémir les marches et il disparut au tournant du palier.

Tziflakos vit un rai de lumière sous la porte. Il s'arrêta pour écouter. Un faible bruit lui parvenait, difficile à déterminer. Il pénétra dans la chambre. Elle était vide, mais il entendit remuer dans la salle de bains. Cette dernière était fermée par une porte coulissante. Angelo l'écarta légèrement et le panneau, docile, se déplaça silencieusement sur son rail caoutchouté. Ce qu'il vit alors l'abasourdit. François Sauvage se tenait debout dans la baignoire vide. Un cordon de rideau décrivait une boucle autour de sa poitrine tandis que l'extrémité du lien était attachée au pommeau de la douche. De la sorte, le peintre devait conserver la position verticale.

Sans le cordon qui le soutenait, il se serait écroulé, car il était à demi inconscient. Sa tête restait inclinée de côté et il gardait la bouche entrouverte. Henrico se tenait devant lui, le poing droit enveloppé d'une serviette éponge.

— C'est toi, hein ? chuchota-t-il.

Sauvage ne répondit pas. Henrico lui administra un nouveau coup de son poing empaqueté. Le choc ne fit presque pas de bruit, tout juste un léger froissement, mais sa violence acheva de mettre François k.-o. La tête du peintre s'inclina un peu plus et ses yeux se vidèrent de toute expression.

— Salaud, va ! ragea Henrico.

Il parlait bas, ce qui le rendait plus inquiétant encore. De sa main gauche, il actionna le levier de la douche. Un jet dru fouetta la tête et les épaules de Sauvage. Il y fut un moment insensible, mais l'eau le ranima. Henrico guettait sa reprise de conscience avec avidité. Lorsqu'il eut un vrai regard en face du sien, il arrêta le jet.

— Tu sais ce que je vais faire, maintenant, dis, salaud ? Si tu n'avoues pas, j'ouvre le robinet d'eau chaude !

Angelo se dit qu'il devait intervenir. Il ne pouvait pas tolérer ces sévices. Mais en regardant le peintre, pitoyablement suspendu à son cordon de rideau, une fureur intense s'empara de toute sa personne. Il savait, de toute sa chair, de toute son âme que Sauvage avait tué sa fille et aucune torture ne lui semblait assez raffinée pour lui faire payer son forfait.

Henrico déroula le linge qui lui enveloppait le poing. Il ouvrit sa main, agita les doigts pour chasser la contracture et souleva le menton de sa victime.

— Quand je parle d'eau chaude, je veux dire bouillante, Sauvage !

Son chuchotement devenait presque inaudible.

— Là, tu vas être forcé de parler, de gueuler !

François Sauvage aperçut l'œil d'Angelo par l'étroit écartement de la porte.

— Monsieur Tziflakos ! appela-t-il.

Angelo ne broncha pas. Son gendre se retourna et le vit également.

— Monsieur Tziflakos, répéta le peintre, entrez donc, si vous êtes d'accord sur ce qui se passe ici. On regarde faire l'amour par un trou de serrure, on ne regarde pas ébouillanter un homme !

Vaguement honteux, Tziflakos écarta la porte en grand.

— Laisse-le ! ordonna-t-il à son gendre.

— Ah ! bon Dieu ! non, s'insurgea Henrico. On va aller jusqu'au bout, maintenant. On ne peut pas arrêter… Je l'ai innocenté aux yeux du flic, il m'appartient. C'est à moi de poursuivre l'enquête, comme qui dirait !

— Molester un homme jusqu'à ce qu'il réponde oui à une question, vous appelez ça une enquête ? demanda Sauvage.

— Il a raison, convint Angelo.

— Si, à bout d'endurance, je finissais par vous dire que j'ai tué Héléna, vos doutes continueraient, mais dans l'autre sens, souligna François.

Tziflakos s'assit sur le rebord de la baignoire. Les vêtements de Sauvage lui collaient au corps, faisant paraître celui-ci plus menu encore. L'eau, à l'intérieur de ses bottes évasées, dégoulinait.

— Reprenons, soupira Angelo.

— Reprendre quoi ? s'impatienta son gendre.

— C'est Héléna, fatalement, qui est allée chercher mon revolver.

— Mais ce n'est pas elle qui s'en est servie !

— Non, ce n'est pas elle.

Angelo hocha la tête. Pour la première fois depuis qu'il appartenait au clan des Tziflakos, Henrico éprouva un vague mépris pour son beau-père dont le brusque désarroi l'irritait.

— Vous voulez qu'on essaie d'imaginer un crime de rôdeur ? Je l'ai fait. Ça ne tient pas debout ! Le flic de tout à l'heure l'avait bien compris, puisqu'il a conclu que seul un familier avait pu tuer ma femme !

Il répéta « tuer ma femme » avec une sinistre délectation, les mots étant un sel dont il poudrait ses plaies.

— Un bandit entre donc, enchaîna le garçon. Il réclame de l'argent. Héléna monte à votre secrétaire. L'idée lui vient d'ouvrir le tiroir secret ct de prendre l'arme pour se défendre. Mais le rôdeur la désarme et l'abat. Ça collerait si Héléna avait été tuée au premier. Seulement, elle est morte sur le canapé d'en bas. Sa position indiquait qu'elle était détendue a ce moment-là, non ?

— Oui.

— Un bandit ne l'aurait pas laissée monter seule, c'eût été de la démence. Or, l'ayant accompagnée, il aurait pris l'argent qui se trouvait avec le revolver, tout cela, on l'a déjà envisagé, non ? J'ai l'impression qu'on joue le *Bolero* de Ravel !

Sauvage se mit à claquer des dents. Il grelottait. Angelo alla au lavabo, ouvrit le robinet d'eau froide et s'aspergea le visage. Henrico trouva étrange que son beau-père éprouvât le besoin, tout comme lui tout à l'heure, de se bassiner la figure.

— De plus, un rôdeur, ça se remarque et tous nos hommes étaient occupés au moment du crime. Qu'est-ce qu'il a trouvé, l'inspecteur Moussy, comme unique suspect ? Hein ? Ce type !

Henrico lança une claque dans la figure de Sauvage.

— Ce salaud ! poursuivit-il en ponctuant d'une nouvelle gifle. Cette chiffe ! Cette vermine ! Ce fainéant qui venait ici dès que nous avions le dos tourné. Ce cancrelat ! Chaque fois que la voie était libre, il accourait ! Le jour du meurtre, il a pris le chemin d'ici, c'est prouvé ! Et vous êtes prêt à le croire quand il vous dit s'être arrêté en cours de route ? Pas moi ! Il est venu, père ! Je ne comprends pas ce qui s'est passé entre eux ! Je ne comprends pas pourquoi Héléna a pris votre revolver, ni pourquoi c'est lui qui s'en est servi, mais je sais qu'il s'en est servi, et vous aussi, vous le savez ! Et votre femme n'en doute pas non plus ! Personne ! Vous vous rappelez la gueule de Moussy quand j'ai fourni un alibi à cette loque ? Il avait du mal à me croire, pourquoi ? Parce qu'il ne doutait pas une seconde que Sauvage soit le meurtrier !

Angelo essuya gauchement ses mains mouillées à son pantalon.

— Pourquoi n'avouez-vous pas ? demanda-t-il à François. Vous avez peur ?

De vilaines marbrures violacées marquaient la tête du peintre. Il avait les lèvres gonflées et sa pommette saignait de plus belle. Il claquait toujours des dents et ce tremblement intense de toute sa personne le désespérait, car il craignait de passer pour un lâche.

— Je n'ai pas peur ! parvint-il à hoqueter.

Henrico éclata d'un grand rire impitoyable qui résonna drôlement dans l'étroite pièce carrelée.

— Il grelotte tellement qu'il ne parvient pas à parler ! exulta le veuf.

— J'ai froid, dit François. Seulement froid !

— Eh bien ! justement, je vais te réchauffer ! Laissez-nous, père !

— Ecoute... commença Angelo.

— Non, je n'écouterai pas ! Je vous demande de me laisser agir à ma guise.

Angelo se sentit dominé. Il abdiqua sans amertume et redescendit en prenant soin de fermer toutes les portes sur ses talons.

En bas, les trois personnages continuaient de guetter. Elisabeth tenait ses deux bras allongés devant elle, sur la table, dans la position du Sphinx. Clémentine était blottie sur son siège. Une de ses chaussures gisait sous sa chaise. Elle promenait l'ongle de son pouce sur ses lèvres et regardait le plafond. Quant à Tonton, il avait des problèmes de vessie et souhaitait ardemment le retour de son frère, car c'était Angelo qui le conduisait aux toilettes et l'assistait.

— Alors ? demanda Elisabeth.

Tziflakos fronça le nez.

— C'est déprimant ! laissa-t-il tomber.

— Qu'est-ce qu'il lui fait ?

Il ne répondit rien, mais son expression butée constituait une forme de réponse.

— Je voudrais le petit endroit ! implora Tonton.

Son frère saisit la tige métallique fixée au dossier du

fauteuil et pilota l'infirme en direction de l'office. Les toilettes se trouvaient dans un renfoncement, près de la cuisine. Elles fermaient par une porte à cylindre semblable au couvercle de certains classeurs ; grâce à cet aménagement, on pouvait rouler le fauteuil jusqu'à la cuvette. Deux poignées pendaient au plafond, au bout de deux chaînes, de part et d'autre du siège. Tonton s'y suspendait tandis que son frère le dégrafait. Ces pitoyables nécessités tenaient du numéro de cirque.

Ils achevaient l'opération rituelle lorsqu'un grand cri éclata dans la maison. Un cri aigu, terrible. Un cri fou !

— Ah ! misère de misère, se lamenta Tonton, j'aime pas ça !

Angelo l'abandonna et courut dans le living. Déjà, les deux femmes gravissaient l'escalier, quatre à quatre. D'autres cris retentirent, plus affreux encore que le premier, parce que déjà plus faibles. Tziflakos s'élança vers le premier étage, bouscula au passage sa femme et sa fille et pénétra hors d'haleine dans la salle de bains de son gendre. François Sauvage hoquetait et gémissait au milieu d'un nuage de vapeur. Sa tête et ses épaules étaient d'un rouge de chair à vif. Henrico venait de couper l'eau et les vêtements détrempés du peintre fumaient encore.

— Tu vas parler, cette fois, hein, Sauvage ?

Angelo détourna les yeux. Il aperçut sa silhouette dans la glace embuée et trouva qu'il ressemblait à un spectre.

Les femmes survenaient à leur tour.

— Oh ! Seigneur ! soupira Elisabeth en découvrant la scène.

Clémentine éclata en sanglots.

— C'est honteux ! C'est honteux ! T'as pas le droit ! criait-elle à son beau-frère à travers ses larmes.

Elle lui lançait des coups de pied. Sa seconde chaussure était restée dans l'escalier et elle pataugeait dans une flaque d'eau.

— Foutez-moi tous la paix ! Nom de Dieu ! hurla Henrico à pleins poumons. Il va parler ! Ça y est ! Il va avouer ! Hein, Sauvage, que tu vas avouer ? Sinon, je recommence. Ça réveille les souvenirs, l'eau bouillante, pas vrai, mon salaud ?

— Non ! Arrête ! supplia la jeune fille.

Elle mit la main sur sa poitrine, avala plusieurs grandes goulées d'air et déclara :

— Ecoutez ! Ecoutez bien… C'est moi qui ai nettoyé le revolver !

CHAPITRE VI

Pendant quelques secondes, ce fut comme si elle n'avait pas parlé ou comme s'ils n'eussent pas compris. Puis ils considérèrent l'adolescente avec des yeux incrédules et soucieux.

Ils étaient plantés dans la vapeur comme des figurines de cire dans de la ouate.

— Tu as nettoyé le revolver ? répéta Angelo. Explique…

— Que veux-tu que j'explique ? Je l'ai essuyé, quoi !

Tziflakos scruta sa fille pour s'assurer qu'elle ne mentait pas.

— Pourquoi as-tu fait ça ?

Elle haussa les épaules.

— J'avais peur…

— Peur de quoi ?

— Qu'on ne relève les empreintes de l'un de vous sur la crosse.

— Parce que tu n'as pas cru au suicide ?

Il essayait de se rappeler. C'était lui, en compagnie

de sa femme et de Tonton, qui avait découvert le cadavre d'Héléna. Un ouvrier arabe les escortait pour les aider à déplacer l'infirme. Un grand diable maigre mais musclé, avec un sourire blanc et des yeux doux. C'était lui qu'il avait dépêché à son gendre pour le prévenir. Clémentine, quant à elle, était arrivée juste avant Henrico, sa boîte à violon fixée sur le porte-bagages de sa mobylette au moyen d'une sangle élastique…

— N'entre pas ! lui avait crié Tonton, en larmes.

Bien entendu, elle était entrée tout de même, malgré l'avertissement. Il la revoyait, hésitante, intimidée devant la morte. Comment avait-elle réagi ensuite ? Il savait qu'elle avait éclaté en sanglots convulsifs, à genoux près du canapé, la tête sur le plancher, littéralement prosternée devant le corps de sa sœur aînée…

Henrico posa un regard devenu honteux sur François Sauvage. Le front du peintre se gonflait de vilaines cloques blanches. Sa nuque était violacée et son regard s'enfiévrait.

— Ce que tu dis ne tient pas debout, déclara Angelo.

En bas, Tonton se mit à appeler. Il était resté coincé dans l'encadrement des toilettes et ne pouvait pas dégager seul son fauteuil roulant.

— Pourtant, c'est vrai, je vous jure que j'ai essuyé le revolver. Il était sur un coussin du canapé. Avec le coin d'un autre coussin, je me suis mise à le frotter.

— Tu n'as pas compris qu'en faisant cela tu allais faire croire à un meurtre ?

Tziflakos voyait sa fille cadette avec un œil nouveau. Il la croyait intelligente et vive. Cette terrible initiative de Clémentine démontrait qu'il s'était trompé sur son compte.

— Ç'a été un réflexe, fit la jeune fille en baissant la tête.

— Tu n'as pas répondu à ma question, il y a un instant, Clémentine !

— Quelle question, père ?

— Le suicide te paraissait donc improbable ?

— Je ne sais plus !

— Et tu pensais que l'un de nous pouvait avoir tué ta sœur ?

— Je ne sais pas. Je n'avais plus ma tête à moi.

Il n'en tirerait rien de plus. Angelo se sentit infiniment las. Ce combatif, ce lutteur obstiné s'apercevait avec effarement que la vie n'a pas de sens précis, qu'elle coule comme une eau au hasard de la pente et que les collectivités ne sont faites que de solitudes agglomérées.

Mais Henrico secoua farouchement la tête.

— Jamais de la vie ! Qu'est-ce que ça change, que cette idiote ait essuyé le revolver ? La police a prouvé qu'Héléna n'avait pas pu se tirer elle-même une balle dans la tête. Alors ?

— Héléna était ambidextre, laissa tomber Elisabeth, laquelle avait suivi toute la scène adossée au lavabo.

— Qu'est-ce que ça veut dire ? demanda Henrico.

— Qu'elle se servait également de l'une ou de l'autre main, rappelle-toi.

— Eh bien ?

— De plus, elle dormait sur le côté droit.

— Eh bien ? répéta Henrico.

Un sombre désespoir le gagnait. Il voyait s'effriter sa vengeance. Elle lui échappait, et sa jalousie exacerbée n'admettait pas une telle faillite.

— Supposons qu'elle se soit suicidée. Elle se serait allongée sur le canapé, dans une position familière, comme pour s'endormir… De sa main gauche, elle aurait pris le revolver. C'est un gros revolver qui vous saute dans les doigts quand on presse la détente. Un expert en balistique peut-il vraiment répondre de la trajectoire de la balle ? Sans compter que les experts d'ici…

— Ce qui revient à dire que tu penches pour le suicide, Elisabeth ? demanda Angelo.

Elle s'approcha lentement du supplicié et plongea longuement son regard dans celui de Sauvage.

— Je me le demande ! articula-t-elle enfin.

— Pas moi ! coupa Henrico. Je sais que c'est lui, un point c'est tout.

— Tu aurais mieux fait de laisser agir l'inspecteur, Henrico, regretta Tziflakos. Prête-moi ton couteau.

Son gendre lui tendit l'objet réclamé. Angelo pressa le cran et la lame s'ouvrit. Il trancha alors le cordon servant de suspente. Sauvage fléchit sur ses jambes et dut prendre appui sur Angelo pour ne pas s'écrouler. Tziflakos l'empoigna par le bras et l'aida à enjamber la baignoire. Henrico renonça. Il en voulait à la terre entière.

— Vous pouvez marcher ? demanda Angelo au peintre.

— Je pense…

Sauvage tremblait encore. Son sang frappait ses tempes et bouillonnait dans l'enflure de la pommette. Il était soûl de coups et sa peau ébouillantée lui paraissait se rétrécir et éclater.

Tonton continuait ses appels. Il essayait de dégager son fauteuil, mais les roues motrices demeuraient bloquées dans l'enrouloir de la porte à cylindre.

— Ne gueule pas si fort, bon Dieu ! Tu n'es pas perdu ! s'emporta Angelo qui arrivait à son secours.

— Il a avoué ? demanda l'infirme.

— Non. Mais Clémentine prétend avoir essuyé l'arme.

— Elle ne dit pas ça pour sauver la mise à Sauvage ?

— Pourquoi lui sauverait-elle la mise ?

— Oui, évidemment, murmura Tonton.

L'un poussant l'autre, les deux frères retournèrent dans la pièce principale. Clémentine et sa mère s'y trouvaient avec Sauvage. Henrico était resté au premier. Il gisait sur son lit et, les mains nouées sous la nuque, cherchait dans les fissures du plafond les visions mystérieuses qu'Héléna savait y découvrir.

— Vous en avez terminé avec moi ? demanda le peintre à qui personne n'osait adresser la parole.

Angelo fit un signe d'acquiescement.

— Je n'aime pas le rôle que vous avez joué dans cette affaire, monsieur Sauvage, lui dit-il. Et je tiens à ce que vous sachiez que rien n'est éclairci vraiment à mes yeux.

— Je suis relâché au bénéfice du doute ? remarqua François.

Dès demain, mon gendre ira avouer son faux témoignage à l'inspecteur, et la police continuera son travail.

Elisabeth intervint.

— Qui va le raccompagner ?

— C'est inutile, je rentrerai chez moi à pied.

— Ce n'est pas à côté ! fit Tonton.

— La fraîcheur de la nuit me fera du bien. J'ai besoin de récupérer un peu.

Il toucha son front couvert de cloques.

— Vous n'avez plus besoin de moi ? demanda-t-il sans chercher à atténuer la monstrueuse ironie de cette question.

— Plus pour l'instant, répondit Angelo. Si vraiment vous n'êtes pour rien dans la mort d'Héléna, je vous présente mes excuses.

— Je peux lui parler seule à seul ? demanda impulsivement Clémentine.

— Je pense que tu as assez fait d'imbécillités comme ça, déclara son père. Qu'as-tu à lui dire ?

— Je veux lui parler seule à seul, s'obstina l'adolescente.

— Pour lui demander à ton tour s'il a ou non tué Héléna ?

— Non, j'ai quelque chose à lui dire…

— Quelque chose que tu refuses de nous dire à nous ?

— Oui.

Jusqu'alors, Angelo avait jugé les femmes sur la

sienne dont la vie conjugale s'était déroulée calme et droite.

— Tu ne dois rien lui dire que tu ne puisses me dire. Cet homme a fait suffisamment de mal dans cette maison ! Allez-vous-en, monsieur Sauvage !

François poussa la porte. Des phalènes titubants pénétrèrent dans le *living*.

Clémentine courut à son père.

— Juste un instant, père, je te le demande !

— Qu'elle y aille ! s'impatienta Elisabeth.

Sans attendre l'assentiment de son père, Clémentine bondit sur les talons de François Sauvage.

— Cette gamine m'inquiète, soupira Angelo. Comme c'est curieux…

Il chercha autour de lui les ombres d'un passé proche, mais a jamais disparu.

— Je croyais que tout allait bien, que tout le monde était à peu près heureux… Et puis, vous voyez…

Clémentine sauta le perron d'un bond de chevrette. En l'entendant, François, qui atteignait le centre de l'esplanade, s'arrêta.

— Ils vous ont tout de même donné la permission ? remarqua-t-il.

Elle opina et se remit à marcher à petits pas. Le peintre fit de même. Ils gagnèrent la route en silence. Leurs deux ombres s'étiraient au clair de lune.

— Il vous a fait très mal, n'est-ce pas, chuchota-t-elle quand ils furent à l'ombre des cyprès au garde-à-vous le long du chemin.

— Ça n'a pas d'importance. La souffrance physique

distrait de la souffrance morale. Vous savez, poursuivit-il, je comprends ses réactions. Il ne pouvait pas agir autrement avec son tempérament.

Elle continua de marcher. Il lui toucha le bras.

— C'est vraiment vous qui avez essuyé le revolver ?

Clémentine tourna la tête vers lui. La lumière de la lune enrichissait son tendre visage, lui donnait plus de douceur, plus de velouté.

— C'est vraiment moi, oui.

— Ah ! fit-il. J'ai cru que vous disiez cela pour me sauver.

Clémentine s'arrêta et se planta devant lui. Jusqu'alors, elle ne savait comment s'y prendre pour lui révéler la chose, mais Sauvage venait de lui préparer le terrain.

— Je n'ai pas *dit* que j'avais essuyé le revolver pour vous sauver... *J'ai essuyé le revolver pour vous sauver !*

Il ne parut pas sensible au *distinguo*. Peut-être le délabrement physique où l'avaient mis les sévices d'Henrico diminuait-il ses facultés ?

Il palpa lentement les boursouflures de sa peau, prenant un morose plaisir à sentir la mollesse des poches d'eau au bout de ses doigts.

— Je ne comprends pas, avoua-t-il enfin.

Elle s'expliqua :

— Le jour de la mort de ma sœur, j'étais allée à ma leçon de violon. En rentrant, je suis passée près de chez vous...

— Ah ! oui, et alors ?

— Il y avait de la musique sur votre terrasse. Votre

électrophone jouait le même disque que le nôtre… Cet air grec dont Héléna raffolait, vous savez ?

Il opina et se mit à fredonner du nez, laborieusement, la musique dont elle parlait.

— Oui, fit Clémentine, cela… Vous vous teniez debout contre un pilier et vous pleuriez. Je me suis arrêtée pour vous regarder. J'avais envie d'aller à vous pour vous demander ce qui se passait, mais je n'ai pas osé. Un homme qui pleure, que peut-on lui dire ? Je suis repartie en me disant que vous vous étiez peut-être disputé avec ma sœur. En arrivant à la maison, je l'ai vue morte. Elle semblait dormir et faire un rêve merveilleux. J'ai aussitôt pensé que vous l'aviez tuée…

Il cessa de tripoter ses plaies. Cette gamine le surprenait au même titre qu'elle avait surpris son père quelques minutes auparavant.

— Pourquoi ?

— Peut-être à cause du disque et de vos larmes. A cause aussi de son expression radieuse… Toujours est-il que ça s'est imposé à moi. Voilà pourquoi j'ai essuyé le revolver…

— Expliquez-moi.

Clémentine joua du pied avec une pierre blanche du chemin. Elle l'envoya dans l'ombre ou la pierre s'engloutit.

— Compliqué ! Je me suis dit que vos empreintes se trouvaient encore sur l'arme parce que, si j'admettais que vous ayez pu tuer ma sœur, je vous voyais mal, par contre, prendre des précautions ensuite pour effacer les traces de votre geste.

— Si vous pensiez que je l'avais tuée, pourquoi vouliez-vous me protéger ?

— Pas vous exactement ! C'est l'amour qu'elle vous portait peut-être, votre secret à tous deux, que j'ai voulu sauver. Vous comprenez ?

— Vous êtes une fille extraordinaire.

— Non, une femme !

— C'est vrai, renchérit Sauvage, une femme ! Merci pour votre geste, l'intention était noble.

Il mit une main sur l'épaule de son interlocutrice.

— Et maintenant, vous me croyez toujours coupable ?

Clémentine sonda le pauvre visage malmené et se perdit dans les yeux nostalgiques de François. Le peintre possédait un regard plein de détresse et d'amour des autres.

— Non, fit-elle. Plus ! Si vous étiez coupable, vous l'auriez dit. Vous n'êtes pas le genre d'homme à nier une chose pareille.

Elle eut un léger hochement de menton et, d'un geste furtif, poussa une mèche de ses longs cheveux derrière son oreille.

— Il faut que vous appeliez le médecin, conseilla-t-elle. Henrico vous a mis dans un drôle d'état !

Puis elle le planta là et rentra à la maison.

*
* *

Elisabeth sortit quelques viandes du réfrigérateur et

les apporta dans le *living* sur une grande planche à découper.

— Il va falloir se nourrir un peu, dit-elle du ton de quelqu'un qui n'a pas faim.

Angelo bourrait une pipe d'écume dont le fourneau représentait une tête de zouave. Il la téta un moment avant de l'allumer. Le graillonnement rappelait celui d'un vieux phonographe à pavillon qui trônait dans le salon jadis et qui devait exister encore, quelque part au grenier. Elisabeth évoqua l'appareil avec sa grosse corolle écarlate. Elle pensa également aux disques nasillards que moulait l'instrument : *la Petite Tonkinoise,* interprétée par un baryton redondant, et puis *Ramona,* surtout, dont sa mère raffolait au point que le disque était devenu inaudible à force d'être labouré par l'aiguille.

— Clémentine n'est pas revenue ? s'inquiéta-t-elle.

Tziflakos fit un signe négatif.

— Qu'avait-elle à lui dire, selon toi ? lui demanda son épouse.

— Comment le saurais-je ?

— La voilà ! avertit Tonton.

Le vieillard louchait sur les viandes. Il espérait que quelqu'un se déciderait à manger, car il avait faim, mais il n'osait l'avouer. Il comptait sur Henrico qui n'était pas encore redescendu de sa chambre.

— Tu n'as vraiment rien à me dire, Clémentine ? interrogea Angelo.

Il lâcha un flocon de fumée blanche. Sa fille lui décocha un petit sourire d'excuse.

— Non, papa, je te jure.

— Ne jure pas ! Les femmes ignorent ce que cela signifie.

Une nouvelle bouffée acheva de le dérober pour une seconde aux regards de l'adolescente.

— Et à lui, reprit Tziflakos en montrant la porte, qu'avais-tu à lui dire ?

Elle hésita. Mais les yeux paternels la contraignirent à la soumission.

— Qu'au début, je le croyais coupable, fit-elle, mais que maintenant je croyais à son innocence.

— Et pourquoi crois-tu à son innocence, Clémentine ?

— S'il avait tué Héléna, il l'aurait dit.

— Parce qu'Henrico l'a molesté ?

Elle secoua la tête. Il s'obstinait donc à ne pas comprendre ! Elle croyait son père psychologue, pourtant, pas vraiment intelligent, mais possédant une grande connaissance de l'homme.

— Parce que François Sauvage, même s'il avait tué ma sœur, ne serait pas un assassin, et que seuls les véritables assassins nient leurs crimes. Lui, c'est un artiste, père ! Un artiste, c'est fait pour exprimer ce qui le tourmente, quoi que ce soit qui le tourmente !

Tonton l'approuva d'un énergique acquiescement.

— C'est pas bête, ce qu'elle dit !

Elisabeth se mit à découper des tranches de viande a l'aide d'un solide coutelas dont la lame avait réduit de moitié à force d'être affûtée.

— En effet, ce n'est pas bête, reconnut-elle.

Elle décrivit un arc de cercle et pointa brusquement son couteau en direction du canapé.

— Mais néanmoins, il s'est quand même passé quelque chose ici, non ?

Le pas d'Henrico retentit. Le garçon déboucha au tournant de l'escalier.

— Oui, laissa-t-il tomber, vous avez raison, mère : il s'est pourtant passé quelque chose !

— Voilà quelqu'un ! interrompit sourdement Tonton.

Une silhouette claire apparaissait derrière le grillage. La lumière du *living* ne l'éclairait que de façon frisante et il était impossible de l'identifier.

— Entrez ! cria Angelo.

Le panneau grillagé s'ouvrit et François Sauvage fit deux pas dans la pièce. Il était blême et titubant.

— Ça ne va pas ? s'exclama l'infirme.

— Je vais vous ramener chez vous en voiture, décida Angelo. Vous voulez prendre un doigt d'alcool avant de partir ?

— Je suis revenu, murmura-t-il... Je voulais vous dire...

Il prit une inspiration profonde, mais saccadée :

— C'est moi qui ai tué Héléna.

L'INSTRUCTION

CHAPITRE PREMIER

« Ce grand ennemi de l'humain : la perspective plongeante », a écrit Sartre.

Du haut de l'escalier, Henrico trouvait Sauvage pitoyable. Une ridicule silhouette, trop menue, trop gracieuse. Un visage trop fin qui ne supportait pas les coups. Certaines gueules viriles valent d'être endommagées. Les ecchymoses leur confèrent une espèce de noblesse, les rendent encore plus mâles, plus belles ! François Sauvage, avec sa figure sinistrée, avait l'aspect lamentable d'un grouillot tombé d'une échelle.

En entendant son aveu, le premier sentiment d'Henrico fut un sentiment de soulagement, de joie démesurée. Mais, très vite, la haine balaya tout. C'était donc bien ce petit homme malingre, à la mine ahurissante, qui avait assassiné sa femme ! C'était cet être frêle, aux épaules étroites, qui avait plongé la maisonnée dans le malheur ! Ses deux fortes mains se crispèrent sur la rampe de bois. Un instant, il tint les yeux fermés, mais malgré ses paupières baissées, il continuait de voir rouge. Tout ce qui l'environnait prenait une couleur écarlate : les murs, les gens, les objets et, lorsqu'il se remit à fixer le peintre, ce dernier lui parut éclairé de pourpre comme si tous les feux de l'enfer flambaient en lui.

— Oh ! balbutia Clémentine, effondrée, pourquoi ?

Il était clair, au son de sa voix, qu'elle ne lui demandait pas pourquoi il avait tué sa sœur, mais plutôt pourquoi il en faisait l'aveu alors que personne ne lui demandait plus rien.

— Petit fumier, va ! s'étrangla Tonton.

Elisabeth acheva de détacher du rôti froid la tranche de viande qu'elle découpait et planta son couteau dans la planche. Angelo tira quelques bouffées de sa pipe avant de la déposer dans une énorme coquille servant de cendrier.

François Sauvage était resté un bon moment indécis sur la route avant de se mettre à courir vers la maison. Son essoufflement se calma. Une légère oppression subsistait cependant, qui hachait encore son débit.

— Pardonnez-moi de ne pas vous l'avoir dit tout de suite, dit-il. J'estimais que c'était un secret qui me liait à Héléna. Seulement…

Il secoua tristement la tête.

— … C'est le genre de secret qu'on n'a pas le droit de garder. Je viens de le comprendre.

Il montra Clémentine.

— Clémentine me l'a fait comprendre sans le vouloir. Alors, voilà…

Il prit une chaise, s'y laissa tomber, épuisé, et ajouta :

— Faites ce que vous voudrez !

Henrico descendit l'escalier à toute allure, et cela fit un roulement en cascade, comme si on venait de vider un sac de pommes de terre depuis le premier. Une fois en bas, il se campa solidement sur ses jambes, les poings aux hanches, dans une attitude de conquistador pour western.

— Qu'est-ce que je vous disais ? lança-t-il à ses beaux-parents.

— Tu n'étais pas seul à le dire ! déclara Elisabeth.

De tous les assistants, elle était la plus calme !

Elle s'approcha de la chaise où venait de s'asseoir François. Le peintre se tenait incliné en avant, les bras croisés sur les genoux. Il sentait le sang marteler ses plaies à grandes lancées féroces.

L'épouse de Tziflakos s'accouda au dossier du siège.

— Ainsi, vous avez assassiné ma fille, monsieur Sauvage ?

Il releva la tête pour affronter Elisabeth.

— Non, madame. Assassiner signifie tuer avec préméditation, par surprise. Je l'ai seulement tuée…

— Seulement tuée, dit Angelo d'une voix lente.

Il se leva et vint rejoindre sa femme près de Sauvage. Sa large main s'ouvrit, s'éloigna de son corps, puis, brutalement, s'abattit sur la nuque du peintre.

— Tenez, pour le cours de grammaire ! fit-il.

Sauvage ne tomba pas, mais il se mit à pendre entre

ses jambes ouvertes tandis que ses deux bras ballaient de part et d'autre de la chaise.

— J'espère que vous ne l'avez pas tué ! protesta Henrico. C'est à moi de me charger de ça !

Clémentine eut pour son beau-frère un regard confondu. Tuer François Sauvage ! Jusqu'ici, elle n'avait pas imaginé pareille éventualité. Elle connaissait bien Henrico. C'était un grand costaud gueulard. Des images de lui défilaient dans son souvenir. Elle le revoyait, chaussé de grandes bottes qui le faisaient ressembler à l'ogre de Perrault, s'engageant dans un marécage pour aller sauver un mouton égaré qui s'engloutissait dans la fange en poussant des cris presque humains… Une autre fois, il avait pris dans ses bras un ouvrier indigène qui venait de se faire trancher le pied par une faucheuse et il l'avait porté en courant jusqu'à la voiture pour le conduire a l'hôpital… Un batailleur, Henrico, non un tueur ! Un mauvais caractère, mais un cœur d'or ! Des avant-bras d'équarrisseur, mais une âme d'enfant. Pourtant, il allait appliquer la loi du talion, tuer celui qui avait tué sa femme. Se venger !

Pour l'instant, il ne se pressait pas et regardait Sauvage, avec un rien de sollicitude, émerger de son nouvel étourdissement. Il alla même au placard où l'on rangeait les liqueurs et versa une rasade de fine dans un verre.

— Buvez !

Le peintre tâtonna avant de saisir le verre qu'il voyait en plusieurs exemplaires. Il but d'un trait.

— Vous vous sentez mieux ? demanda Henrico.

Une fois de plus, il abandonnait le tutoiement. Il tenait à prendre son temps. Il avait la nuit, la vie devant lui pour venger Héléna. Plus ce serait long, plus ce serait apaisant.

— Oui, cela va mieux, répondit Sauvage.

Clémentine tourna la tête vers son père et fut effrayée de lui voir les yeux injectés de sang. Elle crut qu'il allait prendre une attaque et tomber à leurs pieds, foudroyé par un excès de colère.

— Papa ! appela-t-elle.

Angelo parut ne pas entendre. Une légère grimace lui retroussait la lèvre supérieure et il clignait rapidement des paupières comme pour fuir un éblouissement.

Clémentine intervint.

— Ecoutez ! dit-elle. Il faut appeler la police ! Maintenant qu'il a avoué, c'est la police qui doit se charger de lui !

On ne lui répondit pas. Elle courut au vieux téléphone mural et décrocha. Son père la rejoignit en trois enjambées, lui arracha le combiné qu'il replaça sur sa fourche et la gifla.

— C'est moi qui commande ici ! déclara Tziflakos.

Il l'abandonna pour aller se planter devant son gendre.

— Compris ? insista-t-il.

— Qui vous dit le contraire, père ? murmura le garçon, dompté.

— Bon, fit Tziflakos. Je ne voudrais pas qu'on l'oublie en ce moment. C'est moi qui prendrai les initiatives. Toutes les initiatives, sans exception ! Moi seul !

Il désigna la planche à découper garnie de tranches de viande.

— Mettons-nous à table et mangeons.

CHAPITRE II

Ce fut le plus ahurissant, le plus sinistre de tous les repas. Tziflakos coupa le pain et tendit la corbeille à la ronde. Puis il passa la viande, à la pointe du coutelas et chacun saisit avec les doigts la tranche qu'on lui présentait pour la poser sur son pain.

Ils mastiquèrent péniblement, faisant un effort à chaque bouchée pour avaler la nourriture. Sauvage, qui se trouvait légèrement en retrait de la table, contemplait la scène en se disant qu'elle était belle et qu'il eût aimé la peindre. Il se demandait à quoi elle correspondait dans l'esprit de Tziflakos. De toute évidence, personne, sauf l'infirme, n'avait faim. Les obligeait-il à manger tous pour affirmer cette autorité qu'il voulait incontestable ? Parce que manger, justement, en un pareil moment, était l'acte le plus difficile à accomplir ? La famille s'était désintéressée de Sauvage. On ne le regardait pas, on ne le surveillait même pas du coin de l'œil. Il aurait pu s'élancer vers la porte battante et se sauver dans la nuit.

— Je boirais bien quelque chose. Ça étouffe, protesta Tonton.

Henrico alla à la cuisine et revint avec une bouteille de vin et des verres emboîtés les uns dans les autres. Les trois hommes burent, les femmes prirent une tasse du thé qui était demeuré sur la table. Henrico reprit de la viande, sans pain, et la mangea voracement, en la tenant élevée au-dessus de sa bouche.

— Encore ? demanda Angelo aux siens.

Ils refusèrent.

— Très bien ! Débarrasse, Clémentine.

Pendant que la jeune fille obéissait, il retrouva sa pipe, la cura avec le poinçon de son couteau suisse et la bourra d'un pouce méticuleux.

Quand elle fut à point, il l'alluma.

Clémentine revint de la cuisine et reprit sa place à table.

— Ecartez-vous un peu, intima Tziflakos aux siens.

Il voulait avoir Sauvage bien en face de lui. La tablée prit une autre formation qui la transforma aussitôt en une espèce d'aréopage.

Angelo lâcha une légère bouffée et commença :

— Je suppose, Sauvage, que si vous êtes revenu nous faire cet aveu, c'est que vous êtes décidé à tout nous dire, non ?

François opina.

— Alors, dites-nous tout.

Le peintre prit mentalement du recul et l'ampleur de la confession qu'on exigeait de lui le terrifia. Il ne se sentait pas le courage de fouiller dans ses souvenirs, non plus que celui de chercher des mots pour les traduire. Pire : il n'en avait pas envie.

— Est-ce bien nécessaire ? demanda Sauvage. Je vais vous raconter le drame, c'est surtout ça qui vous intéresse, en somme ?

— J'ai dit tout !

— je vous ai déjà parlé de la manière dont nous nous sommes connus…

— Aucune importance ! Reprenez depuis le début ! Donc, un jour, ma fille s'est arrêtée devant votre chevalet pour vous regarder peindre. Elle vous a dit qu'elle aimait ce que vous faisiez. Quelques jours plus tard, vous êtes venu ici lui apporter une de vos toiles. Elle vous l'a refusée et vous l'avez détruite.

Surpris, Sauvage regarda Tonton. Seul l'infirme, qui avait assisté à la scène, pouvait l'avoir décrite à Angelo. Tonton renifla et se frotta les yeux entre le pouce et l'index pour fuir le regard de François, gêné d'être pris pour un rapporteur.

— Ensuite ? pressa Angelo.

— Nous avons parlé, assis sur les marches de la véranda. N'est-ce pas, monsieur ? fit-il aigrement à Tonton

Le vieillard se renfrogna.

— Qu'avez-vous dit ? coupa Angelo.

— Elle m'a montré ses timbres. Elle prétendait n'avoir pas l'esprit collectionneur, mais elle trouvait ces vignettes jolies. Ce qui lui plaisait en elles, c'était le dépaysement qu'elles lui apportaient. Héléna ne se plaisait pas ici, elle rêvait d'autres horizons.

— Vous mentez ! aboya Henrico.

Sauvage soutint le regard furibond de son rival.

— Elle ne vous a jamais dit qu'elle aimerait vivre en France ou du moins aller ailleurs ?

Le veuf fit entendre un grognement d'ours fouetté.

— Qu'est-ce que ça prouve ? Elle disait ça en l'air !

— Les femmes ne disent jamais rien en l'air !

— Parce que vous connaissez à bloc l'âme féminine, hein ! salopard ?

— Assez ! trancha Tziflakos. Donc, à votre première visite, vous avez regardé des timbres et parlé des pays qu'ils concernaient. Vous vous êtes quittés comment, ce jour-là ?

— Je lui ai proposé de venir voir mes toiles.

— Elle a accepté ?

— Tout de suite. J'ai même eu l'impression que ma proposition lui causait une grande joie !

— Pauvre prétentieux ! explosa Henrico. Comme si Héléna avait attendu impatiemment le moment d'aller regarder vos barbouillages ridicules !

— Elle attendait toutes les occasions de se distraire, affirma Sauvage.

Il balaya la pièce d'un grand geste circulaire.

— Elle ne bougeait presque pas d'ici. Elle faisait le ménage. Comme distraction, la radio, les disques, les radotages d'un infirme ivrogne qui la faisait boire.

Ses paroles provoquèrent une certaine sensation.

— Qui la faisait boire ! s'étrangla Elisabeth.

— Parfaitement !

Ils regardèrent tous Tonton. Le vieil homme était

devenu très pâle et son menton piquant tressaillait sous l'effet de l'émotion.

— Mais qu'est-ce qu'il raconte ? Qu'est-ce qu'il raconte, misère de Dieu ? Peut-on inventer de telles balivernes ?

Henrico s'approcha de l'infirme. Comme dans l'après-midi, le bonhomme s'affola et se para du bras.

— Vous la faisiez boire, c'est vrai, Tonton, assura le veuf. Je me rappelle un soir où elle sentait le whisky. Comme je m'étonnais, Héléna m'a dit qu'elle avait eu mal au cœur. Et un autre soir, elle n'arrivait pas à parler. Pour sortir un mot, elle devait prendre de l'élan et ça butait contre ses dents comme si elle avait parlé anglais !

— Réponds ! lui cria Angelo. Réponds, Constantin. On est là pour découvrir la vérité, toute la vérité !

Henrico abandonna le vieillard terrorisé pour le laisser parler. Tonton bredouilla :

— Ben quoi ! Ça m'est arrivé de lui payer une petite lichette de scotch ! Où est le mal ? C'était pas une enfant, tout de même, et je la forçais pas ! On trinquait, quoi ! A la tienne, Héléna ! A la tienne, Tonton ! C'est tout ! Deux doigts de whisky, à qui ça ferait mal ? La preuve, vous ne vous en étiez seulement jamais aperçus ! C'est inouï, que vous soyez prêts à croire ce type qui l'a tuée au lieu de moi qui l'adorais !

Il répéta « inouï » en écrasant une larme imaginaire. Il sentait venir sa fureur, la souhaitait ardemment parce qu'elle était un moyen, non de se justifier, mais d'éluder la question.

— Ce sale type nous tue la petite et vous l'écoutez débiter n'importe quoi comme on écoute les informations a la radio. Parole d'évangile, hein ? Il m'accuse d'avoir soûlé Héléna, et aussitôt Henrico me bondit sur le poil, prêt à casser mon fauteuil !

— Oh ! bon, tais-toi ! lui ordonna son frère.

Angelo frappa la table du poing. Sa pipe dansait entre ses dents.

— Arrivons-en à sa visite chez vous, dit-il a Sauvage.

— Il n'y a rien à en dire. Cet après-midi-là, il n'a été question que de ma peinture !

— Et au moment de la séparation ?

— Eh bien ?

— Vous avez pris rendez-vous pour une autre fois ?

— Je n'ai pas osé.

— Pourquoi ?

— Héléna était un être si étrange, si pudique. Tout le temps qu'elle a passé chez moi, ce jour-là, elle a parlé, parlé pour ne pas laisser place au silence. Elle sentait combien il est source d'abandon. Elle craignait avant tout que je ne lui adresse un compliment, que je n'ose un geste déplacé. Elle se tenait sur la défensive.

— Parce que vous la convoitiez, hein ? ricana Henrico.

François Sauvage sourit.

— Sans doute, mais je m'appliquais à n'en rien laisser paraître !

— Vous l'entendez ? s'exclama Henrico. Il reconnaît avoir eu envie de ma femme !

— Ne fais pas la bête ! lui lança Elisabeth.

Il prit conscience de son ridicule et baissa le nez.

— Si vous n'avez pas pris rendez-vous, comment vous êtes-vous revus ? demanda Angelo.

— C'est elle qui m'a téléphoné la semaine suivante. Vous étiez absents tous les trois, ajouta-t-il en désignant tour à tour Elisabeth, Henrico et Angelo. L'oncle avait la grippe. Héléna se trouvait seule avec sa sœur.

— Parce que vous êtes venu ?

— Elle me l'a demandé.

— C'est exact, soupira Clémentine. J'étais là.

Elle devint immédiatement le centre d'intérêt.

— Tout le monde était au courant, alors ? dit Henrico en posant sa tête sur ses deux poings : Tonton, Clémentine… D'ici que j'apprenne que vous aussi, père…

— Tu n'apprendras rien de semblable, mon garçon, certifia Tziflakos.

Puis, à sa fille :

— Comment se fait-il qu'Héléna ait appelé Sauvage ?

— Nous parlions de lui, expliqua Clémentine. Elle me racontait sa peinture. Et puis, brusquement, elle s'est tue. « Et si on lui téléphonait de venir ? » s'est-elle écriée. Elle l'a alors appelé sans attendre ma réponse…

Une période de silence suivit. Henrico venait de marquer le coup. Ce témoignage de sa jeune belle-sœur démantelait ses ultimes espoirs.

— Et alors ? reprit Angelo.

Il attendait une réponse de Sauvage ou de sa fille, laissant aux deux la possibilité de prendre l'initiative.

— Racontez, Clémentine ! implora François.

Comme elle hésitait, il l'encouragea d'un mot :

— Tout !

Elle approuva. Une vague complicité les liait encore.

— Il est venu tout de suite ! Héléna se tenait sur le canapé. Je me trouvais devant la porte, mais il n'a vu qu'elle et il est passé devant moi sans rien me dire. Il a filé droit vers ma sœur. Ils se sont regardés et…

— Attends ! intervint Henrico. Attends…

Il la prit par la main et la conduisit au canapé.

— Qu'est-ce que tu fais ? cria Elisabeth.

— Je veux voir, je veux comprendre, répondit Henrico. Je ne suis qu'une brute, vous savez bien. Les brutes ont besoin qu'on leur montre. Assieds-toi, Clémentine, juste comme était Héléna, et refais ce qu'elle a fait, redis ce qu'elle a dit !

Clémentine prit place sur le canapé.

— A vous, maintenant ! ordonna le veuf à Sauvage en faisant claquer ses doigts.

On eût dit un réalisateur occupé à régler une scène.

— Je vous en prie ! murmura François. Je trouve cela indécent.

— Pas moi ! Obéissez !

— Obéissez ! dit Tziflakos en écho.

Le peintre chercha un secours du côté d'Elisabeth. Cette reconstitution lui était insoutenable, il s'y refusait.

— Obéissez ! fit la mère.

Il se leva mollement et gagna la niche sous l'escalier. Une fois devant Clémentine, il eut l'impression de basculer dans le passé. Elle ressemblait à sa sœur. L'instant qu'il avait vécu alors constituait l'un des sommets de son existence.

— Vous vouliez me voir ? bafouilla-t-il.

— J'ai eu envie de vous présenter à ma sœur.

— Je la connais ! dit Sauvage en se tournant vers la porte.

Il crut voir la Clémentine de ce fameux après-midi, immobile près de la véranda, dans une robe imprimée bleue et blanche.

— Vous lui avez déjà parlé ? récita Clémentine, les yeux fermés.

— Jamais, mais je la vois passer à mobylette près de ma maison.

— Elle se prénomme Clémentine, dit Clémentine.

— C'est un joli nom, et qui lui ressemble.

Des larmes coulaient sur l'aigre visage d'Elisabeth. L'illusion la chavirait. Elle croyait vraiment voir et entendre Héléna.

— Vous avez beaucoup peint, depuis l'autre jour ? poursuivit Clémentine.

— Je n'ai pas touché à ma palette, Héléna.

— Pourquoi ?

— Parce que, depuis l'autre jour, je pense à vous et que je ne puis à la fois peindre et penser à vous !

Il se tut et chercha Henrico. Le garçon écoutait, la

bouche entrouverte, comme un élève peu doué mais plein de bonne volonté suit la démonstration du maître.

— Et puis, et puis ? haleta le veuf.

— Laisse-nous, Clémentine, jeta Clémentine au souvenir d'elle-même !

— Et tu les as laissés ? demanda Angelo en retirant sa pipe d'entre ses dents.

Elle parut sortir d'un état second.

— J'ai dit que je montais dans la chambre de Tonton. En réalité, je suis restée sur le palier pour écouter.

— Qu'ont-ils dit ?

— Allez ! Poursuivez ! ordonna Henrico. Toi, Clémentine, continue !

Un peu de bave dégoulinait au coin de sa bouche.

Elle n'avait plus envie de poursuivre ce jeu odieux. Trop de sombre appétit se lisait dans le regard de son beau-frère.

— Elle m'a demandé pourquoi je n'avais pensé qu'à elle durant les jours précédents, enchaîna Sauvage. « Parce que je vous aime ! » lui ai-je répondu.

— Oh ! merde ! Comme ça, tout de suite ? béa Henrico.

— C'était vrai que je l'aimais !

— Quel sagouin ! gémit Henrico en prenant ses beaux-parents à témoin. Il la connaissait à peine... Et déjà c'était les « je vous aime ». Mais qu'est-ce qu'il a dans la peau, ce type ?

— Ne l'interromps pas, s'emporta Tziflakos. Puisqu'il raconte, écoutons-le.

— Y a tout de même des choses qui font mal aux oreilles !

Il fit un bond vers son rival.

— Tu ne vas pas me dire qu'elle a coupé à tes salades ! Si tu prétends ça, je t'écrase, tu entends, vermine ? Je t'écrase sous mon talon comme une araignée.

— Je ne me rappelle plus ce qu'elle a répondu, fit Sauvage à Clémentine.

— Elle vous a demandé pourquoi vous l'aimiez, souffla la jeune fille.

— Oh ! oui, c'est juste.

— Et alors ? pressa Henrico.

— Je lui ai dit que je n'en savais rien. Que c'est toujours comme ça, l'amour, on ne sait pas comment il vous tombe dessus. Cela commence par une image qui insiste et qu'on ne peut chasser. On a beau tenter de se distraire, l'image est là, plantée dans votre crâne comme un arbre. On se raisonne. On se répète que c'est fou ou impossible, mais plus on lutte, plus l'arbre croît. Jusqu'au moment ou on s'aperçoit que ses racines vous ont totalement envahi. Les philodendrons, vous connaissez ? Un jour, chez moi, une domestique avait brisé le pot de l'un d'eux. Il était très grand, très long, avec des feuilles larges comme des feuilles de chou. La servante a poussé un cri de terreur en voyant le contenu du vase : il ne restait pratiquement plus de terre, il n'y avait qu'un écheveau abominable de racines. A croire qu'il se nourrissait uniquement de lui-même depuis longtemps. L'amour est en nous comme un philodendron dans un pot. Il nous vide de notre substance pour la remplacer par ses racines.

— Ta gueule ! s'emporta Henrico. Il aurait dû se faire curé, il a la langue trop bien pendue ! Et tu lui as sorti toute cette littérature, à Héléna ?

— Je crois.

— Elle a dû se marrer, non ?

— En effet, reconnut Sauvage, elle a ri !

— Tu vois ! Je la connaissais bien, Héléna. Elle avait trop les pieds sur terre pour se laisser chavirer par tes boniments.

Il partit d'un éclat de rire forcé.

— Philodendron ! Ah ! je vous jure... Philodendron ! Il est fou, hein ?

Personne ne répondant à sa question, il se calma.

— Et après, beau merle, quand elle a eu bien ri, quelle sorte de chanson lui as-tu sifflée ?

— Il est reparti, intervint Clémentine.

— Comme ça, tout de suite ?

— Oui ! Il a seulement murmuré : « Excusez-moi », et il s'en est allé lui dire au revoir.

— Et Héléna ?

— Lorsque je suis redescendue, elle était étendue sur le canapé, comme ceci.

Clémentine s'allongea et prit la position qu avait sa sœur morte.

— Qu'est-ce qu'elle t'a dit ? demanda timidement Henrico.

— Rien, murmura Clémentine. Elle pleurait !

CHAPITRE III

Ce fut François qui réagit. Lui seul se sentit vraiment concerné par la déclaration de la jeune fille. Elle lui apprenait quelque chose qu'il ignorait. Quelque chose d'infiniment important.

— C'est vrai qu'elle pleurait, Clémentine ?

La jeune fille eut un lent hochement de tête Elle revivait l'instant, retrouvait sa surprise, son trouble, son inquiétude devant les larmes de sa sœur. Car Héléna ne pleurait jamais. Cela faisait partie des traditions de la maison. A croire qu'elle ne possédait pas de glandes lacrymales. On disait d'elle : « Elle est sensible, cette petite, mais pour lui arracher une larme ! » Elle avait appris la mort de ses grands-parents et assisté à leurs funérailles les yeux secs. Les rares colères qu'elle avait encourues de son père n'étaient pas davantage parvenues à humecter son regard.

— Depuis l'escalier, récita Clémentine, je lui ai demandé pourquoi François partait si vite, s'il était fâché… Comme Héléna ne répondait pas, je suis descendue et je l'ai trouvée, la tête dans ses mains, qui pleurait. qui pleurait...

— C'est pas vrai ! nia Henrico. C'est pas possible ! Tu mens ! J'ai jamais vu une larme sur la joue de ma femme. Quand elle souffrait, ça se passait tout à l'intérieur, elle n'arrivait pas à chialer !

Comme chaque fois qu'un problème le dépassait, il sollicita le témoignage général.

— Rappelez-vous, lorsqu'elle a perdu, trois mois avant terme, cet enfant qu'on attendait et qu'on voulait tellement ! Pour une femme comme elle, qui souhaitait si fortement être mère, la faiblesse aidant, elle aurait pu s'écrouler, non ? Pas du tout. Du maintien, comme sa mère, fit-il en hommage involontaire à Elisabeth. Pas un pleur, pas un cri. Digne ! Sa mère, je dis... Et encore, M'man, il vous arrive de chialer quand la mesure déborde, la preuve pour la mort d'Héléna. Ç'aurait été Clémentine au lieu d'elle qu'on aurait portée en terre, je parie qu'elle n'aurait pas pleuré. Je dis pas ça pour te peiner, Clémentine, mais tu sais que c'est la verité, tu le sais !

— Oui, dit sincèrement Clémentine. Pourtant, ce jour-là. Héléna pleurait à chaudes larmes.

Angelo fit siffler sa pipe et cela ressembla aux cris des hirondelles, dans le ciel dégagé, lorsque celles-ci se poursuivent comme deux flèches tirées coup sur coup.

— Soit, elle pleurait !

— Non, elle ne pleurait pas ! s'insurgea Henrico. Non, elle ne pleurait pas ! La gamine ment ! Elle cherche à nous faire croire je ne sais quelle fable à propos de ce type ! Je pigerai jamais l'effet qu'il a produit dans cette maison, enfin quoi, mère, vous qui êtes une femme, vous le trouvez beau, touchant ou intéressant ?

— Je ne trouverai jamais beau, touchant ou intéressant l'homme qui a tué ma fille ! répondit Elisabeth.

Tonton rafla discrètement le vin, mais quand il arracha le bouchon avec les dents, cela produisit une petite explosion comique qui lui valut l'attention des assistants. Il garda un court instant la bouteille dans sa main tremblante, puis, s'armant de courage, but au goulot une courte rasade.

— C'est ma gorge qui me pique, s'excusa-t-il.

Il rota sans le faire exprès. Angelo cessa de s'intéresser à lui.

— Vous étiez parti vexé, reprit-il avec la persévérance d'un juge d'instruction, en affrontant de nouveau Sauvage.

— Pas vexé, meurtri.

— Pourquoi ?

— Parce que j'avais lu dans les yeux de votre fille qu'elle ne m'aimait pas, absolument pas, qu'elle n'éprouvait rien d'autre pour moi qu'une certaine sympathie teintée de curiosité.

— Ah ! bon, bêla Henrico, j'aime mieux quand il cause comme ça !

Il eut pour le peintre une bouffée d'une indéfinissable tendresse. Il lui était reconnaissant de son échec auprès d'Héléna, ainsi que de le lui voir admettre publiquement.

— Pourtant, vous n'êtes pas resté sur cette déception ? reprit Angelo.

— Je n'aurais plus donné signe de vie si elle ne m'avait écrit.

— Quand vous a-t-elle écrit ?

— Deux jours plus tard.

— Pour vous dire ?

François fouilla sa poche-revolver et en sortit un mince porte-cartes. Il dégagea d'un des compartiments une lettre pliée en quatre qu'il avait dû souvent lire, car le papier en était mou. Il la tendit a Tziflakos. Elisabeth s'approcha et fit un signe d'acquiescement :

— C'est bien l'écriture d'Héléna, reconnut-elle avant qu'il l'eût dépliée.

Angelo écarta la lettre de lui. Sans ses lunettes, il ne pouvait pas lire. Sa femme lui prit la missive des mains et lut à haute voix :

Cher Van Gogh,

Est-ce qu'il vous arrive de pardonner aux idiotes qui vous font de la peine ?

Vous savez, souvent l'impertinence cache la timidité.

Si vous me pardonnez, mettez un drapeau (celui que vous voudrez) au sommet de votre antenne de télévision (d'ailleurs, ça la rendrait plus gaie, car elle est si haute qu'elle en est sinistre !).

C'était tout.

— Je comprends pourquoi vous avez foutu cet étendard sur votre toit, rugit Henrico. Je me demandais…

Un drapeau à croix gammée ! Dans le pays, on parlait d'aller foutre le feu à votre taule et on l'aurait sûrement fait si on ne vous avait pris pour un dingue !

Le peintre eut une légère crispation qui pouvait passer pour un sourire entendu. Depuis si longtemps, il se sentait, il se voulait en marge. Il lui arrivait de parcourir cent kilomètres pour trouver une terrasse inconnue fleurant bon l'anisette. Il s'y lovait littéralement, comme un serpent dans un coin frais, et se perdait dans la contemplation de ses semblables. « Des semblables si peu semblables à lui ! » se disait-il. Des gens préoccupés ou sentencieux, lourds de soucis et de projets et qui ne savaient pas regarder les choses ou bien qui les regardaient sans les voir vraiment !

— C'était donc pour Héléna ! poursuivit Henrico. Ce qu'elle a dû se ficher encore de vous !

Il se tut à cause des yeux qui le fouillaient, qui le fouillaient…

— Pourquoi me regardez-vous comme ça ? demanda-t-il, perdant pied.

— Par moments, je m'étonne qu'Héléna, fût-ce par désœuvrement, ait pu épouser un homme comme vous, dit Sauvage.

— Ah ! oui, gouailla maladroitement le veuf. Espèce de pauvre maniaque, je vais te…

— Silence ! jeta Angelo.

Il lança cet ordre à voix presque basse, puis frappa sa pipe éteinte sur son talon.

— Qu'est-ce que cela a eu comme conséquences, le coup de l'étendard nazi ? interrogea Tziflakos.

— Elle est arrivée le lendemain avec la mobylette de sa sœur. Elle riait aux éclats en frappant à ma porte. « Enlevez-moi vite ce drapeau, sinon vous allez vous faire lyncher ! m'a-t-elle dit. Dans la région, on ne parle que de ça ! »

— C'est bien elle, bavocha Tonton. Toujours s'inquiéter pour les autres !

— C'est par pitié qu'elle est allée te voir, cabotin ! décréta Henrico, séduit par la remarque du vieillard. Uniquement par pitié. Uni-que-ment !

— C'est probable, convint le peintre qui ne voyait pas la nécessité de harceler ce grand idiot fervent.

— Pas probable, rectifia l'autre. Sûr et certain.

— D'accord.

Henrico saisit un bouton de la chemise de son rival et l'arracha comme on cueille une fleur à un buisson. D'une pichenette, il l'envoya promener dans la pièce. Le bouton blanc cascada sur le plancher, roula et s'immobilisa. Clémentine s'en fut le ramasser et se mit à pleurer parce que le petit disque de nacre exprimait mieux que les visages la tristesse de leur situation à tous. Elle ne savait pas pourquoi, mais c'était ainsi.

— Alors, le jour de l'étendard ? s'impatienta Elisabeth.

— C'est moi qui lui ai demandé pardon pour ma déclaration d'amour. Elle m'a dit : « Je vous pardonne. » J'ai répondu : « Et moi, je vous aime de plus en plus. Allez-vous partir et devrai-je fixer à mon antenne la bannière étoilée ? » Ça a eu l'air de l'agacer.

— Ben ! j'espère que ça ne te surprend pas ! Avoue qu'il y avait de quoi !

— Après, après, après ! martela Tziflakos.

Il se versa un verre de fine et le but. Il n'aimait pas beaucoup l'alcool, le vin rouge excepté. Son palais grossier gardait la nostalgie des épais vins résineux de sa jeunesse qui laissent sur les vêtements des taches indélébiles.

— Elle a failli repartir, effectivement, mais ce qui l'a retenue, du moins, je le crois, c'est mon poste de télévision…

— Comment cela ?

— Elle m'a demandé s'il y avait un programme à cette heure de l'après-midi. Je lui ai dit que nous allions nous en assurer. Or, il y en avait un, précisément : la retransmission d'un match de football. Ça l'a intéressée. Elle me demandait des explications à propos du jeu. J'ignore tout du football, mais j'inventais des règles…

— Tricheur ! C'est bien dans tes façons ! souligna Henrico.

Il ajouta, songeur :

— On aurait peut-être dû se faire mettre la télé.

— Oui, vous auriez dû, certifia Sauvage. Et puis avoir des bêtes, aussi, autres que des bêtes de somme : des chats, des chiens qu'on n'enferme pas dans un chenil le jour pour les déguiser en fauves la nuit ! Des oiseaux, des poissons… Les bœufs et les tracteurs n'intéressent guère les femmes…

— Pas de conseils ! La suite, ordonna Angelo.

— Elle est rentrée avant la fin du match, car elle redoutait de trop s'attarder chez moi. Mais elle m'a téléphoné pour avoir le score final. Moi, je n'avais pas regardé jusqu'au bout. Je lui ai inventé un résultat fantaisiste : 3 à 2 ! En fait, il y avait eu match nul : 2 à 2. Elle l'a appris par la radio le soir même et, dès le lendemain, elle m'a retéléphoné pour me traiter de menteur.

— Comme elle avait raison ! dit Henrico.

— Je me rappelle très bien cela, assura Elisabeth.

— C'est-à-dire ? demanda son époux.

— Le soir où, à table, la radio marchant, elle a poussé une exclamation et puis elle a pris le fou rire…

— Oh ! oui, c'est vrai, se souvint Clémentine.

Les hommes se sentirent comme bernés de n'avoir rien remarqué.

CHAPITRE IV

— Vous avez de la mémoire, tout de même ! admira Henrico.

Le compliment s'adressait principalement à Sauvage. Lui ne parvenait à emmagasiner que des scènes extrêmement précises et « organisées », pour ainsi dire. Il se rappelait des voyages, des soirées théâtrales, des bagarres, des accidents, tous les faits marquants d'une vie, en somme. Il lui restait aussi des images de son enfance. Il pouvait évoquer des maladies infantiles, des corrections paternelles, le spectacle d'animaux s'accouplant… Il n'avait pas la mémoire des sensations fugaces, il ne pouvait, par exemple, enregistrer un parfum, la qualité d'un instant quotidien, particulièrement neutre, mais exquis pourtant. Que le peintre fût en mesure de réciter chronologiquement, comme une leçon bien apprise, ses relations avec Héléna, le surprenait et donnait une forme particulière à sa jalousie.

— Donc, reprit inlassablement Angelo, elle vous a téléphoné une fois de plus ?

— Pour m'agonir de reproches ! réitéra François. Sa voix était sévère. Je me demandais si elle m'en voulait réellement ou si c'était par jeu. Je sais maintenant que c'était par jeu !

— Et comment sais-tu cela ? s'étonna Henrico.

Sauvage désigna Elisabeth.

— Mme Tziflakos vient de me dire qu'elle avait pris le fou rire à l'annonce du score officiel !

— Ah ! oui.

Henrico se renfrogna.

— Ça ne l'empêchait pas de t'en vouloir !

— Et ce coup de fil s'est conclu par un autre rendez-vous ? demanda Angelo.

— Non. Mais je me suis mis à la guetter sur le chemin.

— Elle passait rarement par chez toi ! objecta le veuf.

— Cela arrivait pourtant. Et cela s'est produit le surlendemain. De loin, je l'ai vue venir, alors je me suis dépêché de placer un grand dessin contre ma barrière. Il représentait un footballeur envoyant le ballon dans le filet. Et j'avais écrit au-dessous, comme légende : Le *troisième but de mon mensonge*.

« Elle est arrivée à la hauteur du dessin, la tête bien droite, les yeux volontairement fixés au-delà de ma maison. Mais ça a été plus fort qu'elle : elle a regardé mon fusain. Alors je l'ai vue faire demi-tour, s'approcher, contempler le croquis et entrer. »

— En somme, vous posiez un collet ? remarqua Elisabeth.

— C'est vrai, il posait un collet, ce braconnier de ménage ! renchérit Henrico. On se demande où il va chercher ces feintes ! C'est par l'agacerie qu'il attire l'attention des filles. Il est malingre, pas beau… Alors…

Il se tut car, tout en vociférant, il commençait à déceler le charme de Sauvage.

François allongea ses bras sur la table.

— Vous tenez vraiment à ce qu'on poursuive cette évocation ? demanda-t-il, tourné vers Elisabeth.

— Nous vous avons déjà répondu que nous voulions tout savoir !

Il fronça le nez, pour signifier que cela lui était égal, après tout.

— C'est pour vous, plutôt, fit-il. Elle est morte, je l'ai tuée. Ce sont deux réalités qui priment toutes les autres ! Refaire pas à pas le chemin du drame, c'est une sorte de chemin de croix volontaire dont vous pouvez vous passer, après cette épreuve !

Angelo vit rouge. Il saisit son verre vide et le projeta dans la poitrine du peintre. Le verre frappa durement François, tomba et se brisa. Sauvage caressa sa côte endolorie.

— Vous croyez que je vous nargue ? fit-il.

Tziflakos quitta son siège et vint s'asseoir sur la table à quelques centimètres du meurtrier.

— On ne le voit plus ! protesta Tonton.

Angelo ignora cette réclamation. Le vieux actionna son fauteuil et vint se placer parallèlement au siège de François. Henrico se crut autorisé à rejoindre son beau-père sur la table si bien qu'Elisabeth eut, en guise d'horizon, deux larges dos en face d'elle. Les belles manières n'avaient jamais fleuri chez les Tziflakos. En soupirant, elle se leva et prit du recul pour avoir une vue d'ensemble de la scène.

— Elle est donc entrée chez vous ?

— Oui.

— Vous la guettiez depuis votre baie vitrée ?

— Oui.

— Alors ?

— Ellc s'est assise dans mon atelier, devant une toile que je brossais et qui représentait…

— On s'en fout de tes décalcomanies ! Raconte-nous Héléna, brusqua Henrico.

Il balançait sa jambe gauche et, à bout de course, son soulier frappait le genou de François.

— Elle a regardé ma toile un bon moment sans rien dire. Je lui ai demandé si elle lui plaisait. Héléna m'a répondu qu'elle la trouvait moins bien que mes autres œuvres.

— Tes œuvres ! fit Henrico. T'as pas la frousse des mots ! Monsieur ne se mouche pas du coude ! Des trucs que je voudrais même pas flanquer dans les toilettes !

Sauvage lui concéda un sourire indifférent. Il pensait qu'Henrico était simple et direct dans ses colères comme il devait l'être dans ses tendresses.

Mais Angelo ne perdait jamais le fil de la conversation. Appliqué, lent et têtu, il suivait la reconstitution de l'affaire syllabe par syllabe.

— Pourquoi la trouvait-elle moins bonne ?

— Parce que je peignais un portrait. Ma spécialité, ce sont les natures mortes et les paysages…

— Tandis qu'un portrait, c'est plus coton hein, mon gars ? grinça Henrico. Dans un portrait, faut amener son talent ! Y a la ressemblance à donner !

— Excusez-moi, mais il ne s'agissait pas de cela.

— De quoi s'agissait-il, alors ? fit Tziflakos.

— Je vous avais peint de mémoire, dit Sauvage à Henrico.

— Moi ! s'étrangla le gendre d'Angelo. Moi ! Tu plaisantes ?

— Non. J'avais cru faire plaisir à Héléna. Quand vous êtes sur votre gros tracteur rouge, les manches retroussées, vous ressemblez un peu à Ben Hur sur son char.

Une gifle l'éblouit. Mille étincelles, mille bulles d'or, mille éclaboussures de soleil émiettèrent pour une fraction de seconde son entendement. Sa tête ne fut plus qu'une explosion lumineuse et nombreuse.

— L'ordure ! gémit Henrico. Après ce qu'il a fait, se ficher de moi de la sorte ! Ben Hur ! Vous l'avez entendu, père ?

— Mais, bon Dieu ! s'emporta Angelo, tu ne peux donc pas rester tranquille deux minutes d'affilée ?

— Alors, il faut que je me laisse insulter ?

— Il ne t'insulte pas, murmura Elisabeth. Il parle une autre langue que toi, voilà tout.

Henrico sauta de la table, tout renfrogné. Il s'éloigna en boudant. Le ventilateur continuait de tourner au plafond avec son ronron crachoteur. Pour se donner une contenance, Henrico l'arrêta. On le stoppait toujours en fin d'après-midi, pour éviter de laisser chauffer le moteur, mais ce soir-là, personne n'y avait songé.

Il sortit sous la véranda tandis que les grandes ailes blanches continuaient de tourner mollement. Il s'adossa au mur de bois. La fraîcheur de la nuit le doucha. Les ânes brayaient de loin en loin, tandis qu'une énorme lune plantureuse et jaune roulait dans un ciel étoilé.

Son départ apporta une détente.

— Vous aviez fait le portrait de mon gendre, soit. Cela correspondait à quoi, dans votre esprit, monsieur Sauvage ?

Angelo s'obstinait à l'appeler monsieur, sans politesse exagérée, mais parce que cela lui permettait de garder le contact avec cet individu qu'il avait envie de massacrer.

— Je cherchais à intéresser Héléna par tous les moyens.

— Vous dites qu'elle n'a pas apprécié ?

— Non. N'en déplaise à votre gendre, le portrait était suffisamment ressemblant pour qu'elle reconnût son mari. Je suppose que, comme vous, elle a trouvé cette initiative déplacée, mais elle était trop fine pour me le dire de front. Elle a préféré élever le débat en jugeant ma toile uniquement sur ses qualités picturales.

— Et vous avez détruit celle-ci, comme la première que vous vouliez lui offrir ?

— Pas du tout ! Elle est chez moi.

— Ensuite ?

— Héléna m'a demandé si j'avais du whisky…

Clémentine se dressa pour regarder Sauvage par-dessus l'épaule de son père. Elle devinait qu'on touchait à un point crucial de l'affaire.

— Vous le jurez ? ne put s'empêcher de demander Angelo.

— Je le jure !

— Qu'est-ce que ça peut lui foutre, un faux serment ? tonna Henrico qui avait entendu depuis la véranda et qui fit une entrée en trombe. Il est en train de préparer je ne sais pas quoi ! Méfiez-vous, père ! Méfiez-vous de ses boniments !

— Pourquoi mentirais-je ? objecta doucement François. Dans quel but ? Plus rien ne m'obligeait à vous avouer mon meurtre et je l'ai fait de mon plein gré. Pensez-vous que ce soit pour, ensuite, vous raconter des histoires ?

— Terminé ! coupa Tziflakos Vous disiez, le whisky ?

— J'en avais. Je lui en ai offert un verre. Elle l'a vidé avant même que j'actionne le siphon d'eau de Seltz. « Encore ! » m'a-t-elle ordonné en me le tendant. Surpris, je lui en ai versé une nouvelle rasade, plus faible que la précédente. « Ne soyez pas parcimonieux ! » s'est-elle exclamée. Elle a fait une chose dont je ne l'aurais jamais crue capable, elle a appuyé sur le goulot de la bouteille pendant que je versais. Son verre a été à demi plein !

— C'est toi qui la poussais à boire ! s'écria Henrico. Tu voulais l'enivrer pour qu'elle soit à ta merci !

— Ce n'est pas mon genre ! certifia Sauvage. Et je suppose que ce n'était pas non plus celui d'Héléna que de se laisser soûler comme une entraîneuse de bar. Son cas était différent : elle buvait par besoin. Bien au contraire, j'ai voulu lui retirer de l'alcool. « Vous n'allez pas avaler cette quantité de scotch ! » me suis-je écrié. « Ah ! non ? Regardez ! » Elle a vidé son deuxième verre aussi aisément que le premier.

Sauvage parut infiniment navré. Il retrouvait sa surprise d'alors... Avec stupeur, il avait regardé la jeune femme engloutir la formidable rasade d'un gosier de soudard.

— Que vous arrive-t-il, Héléna ?

— Ouf ! ça va mieux.

— Un malaise ?

— Un malaise permanent, François.

Angelo écoutait le bruit menu de son chagrin au fond de son âme. Un bruit de source qui sourd d'un rocher et dont l'eau se disperse dans la mousse avant de se rassembler pour devenir un vrai ruissellement.

— Vous lui avez demandé des explications ?

— Naturellement ! répondit le peintre.

— Elle vous a répondu ?

— Qu'elle buvait parce qu'elle n'était pas heureuse.

— C'est la meilleure ! explosa Henrico. Pas heureuse, Héléna ! Il a toutes les impudeurs, ce sale voyou !

Elisabeth s'approcha. Elle avait l'œil brillant.

— Pas heureuse ? soupira-t-elle.

Sauvage n'eut pas pitié d'elle. Maintenant, il comprenait mieux Héléna en voyant ce clan, en l'écoutant, en jugeant les réactions de chacun. Car les circonstances voulaient qu'il fût à la fois jugé et inculpé.

— Je lui ai demandé pourquoi elle n'était pas heureuse, ajouta-t-il.

Il irait jusqu'au bout de la vérité ! Il la leur lancerait au visage, sans égard pour leur chagrin, puisqu'ils la réclamaient, puisqu'ils le secouaient comme une tirelire qu'on veut vider.

— Alors ? demanda Elisabeth, si bas que la question eut l'apparence d'un soupir.

Sauvage se leva de son siège, mit ses mains au fond de ses poches et les toisa sombrement.

— Héléna m'a dit textuellement ceci :

« Je ne suis pas heureuse parce que je n'aime personne, François. Personne ! »

Le silence qui suivit fut plus terrible qu'un cri. Sauvage regretta aussitôt l'affreuse confidence.

— Personne !... fit Clémentine.

Il renonça à mentir, à lui dire qu'Héléna avait fait une exception pour sa sœur. Elle avait bien dit personne.

Henrico agita ses monumentales épaules comme un nageur sorti de l'onde glacée.

— Si vous croyez ce qu'il raconte, vous n'êtes que

des imbéciles, sauf le respect que je vous dois ! fulmina le garçon. Héléna, c'était l'Amour en personne, vous m'entendez ? L'Amour avec un A majuscule. Elle adorait sa famille ! Et je peux dire qu'elle m'aimait ! Je ne voudrais pas raconter notre intimité, ce ne serait pas de mise, mais croyez-moi ! Ah ! la la, ce qu'elle pouvait m'aimer !

— Moi aussi, elle m'aimait bien, dit Tonton. Elle me semblait, dans tous les cas…

— Pas heureuse, ma femme ? J'ai jamais entendu parler d'un assassin plus abject, jamais ! Il n'a pas pu souiller sa victime de son vivant, alors il la souille morte ! C'est un charognard !

Il frappa très fort du poing dans sa main ouverte.

— Vous voulez que je vous prouve qu'il ment, dites ? Et que je lui mette le nez dans sa dégueulasserie ? Vous le voulez, hein ? J'en ai pour deux minutes.

Il gravit l'escalier en trois bonds de léopard. Henrico n'avait jamais pu escalader ces marches que par quatre à la fois. Ils l'entendirent malmener du matériel dans une petite pièce du premier servant de fourre-tout. Il réapparut bientôt, lesté d'un étrange matériel. Il tenait un écran pliable sous le bras, la caissette d'un appareil de projection sous l'autre et réussissait à maintenir entre ses dents une boîte à film qui transformait son ombre en celle d'une négresse à plateau.

— Que vas-tu faire ? protesta Angelo

— Bougez pas ! s'affaira Henrico, fébrile.

Il dégagea le trépied de l'écran et tendit la toile blanche, après quoi il mit le projecteur en batterie. Il s'agissait d'un vieil appareil équipé en huit millimètres qu'on lui avait offert jadis, à l'occasion d'un anniversaire.

— Bougez pas !

Il marmonnait tout en s'activant, ouvrait la boîte d'où bondissait un serpent de pellicule indomptée qu'il se mettait à manipuler maladroitement. Entre ses doigts faits pour les gros volumes et les choses résistantes, la pellicule semblait animée d'une vie propre, perfide. Elle le narguait, lui échappait, se tordait en un long copeau à ressort.

— Occupe-t'en ! demanda-t-il à Clémentine.

Elle vint au secours de son beau-frère et, immédiatement, le film s'assagit, obéit aux rouages d'entraînement.

Lorsque le volet du projecteur fut fermé, Henrico chercha le cadrage sur l'écran en réglant tant bien que mal l'inclinaison de l'appareil, puis il lança fielleusement à François :

— Tu vas voir, mon salaud, comme elle était malheureuse ! Eteins, Clémentine !

— A quoi ça rime ? se lamenta Angelo.

Il se tut en voyant surgir l'image après un assez long temps de projection vierge. Il s'agissait d'une oasis où ils étaient allés excursionner, quelques années plus tôt. On avait même emmené Tonton, plus mobile à l'époque, et qui parvenait encore à se soutenir avec deux béquilles. Ils avaient déjà la voiture américaine rouge qui paraissait plus pimpante, à moins que ce ne fût un effet du Kodachrome. Clémentine filmait. Elle avait lu des brochures de vulgarisation et savait composer son film-souvenir. Le plan très général, tout d'abord… On voyait l'oasis de loin, posée au bout de la piste sur une étendue de sable et de roches rouges, pareille à une île. N'en était-ce pas une, en réalité ? Ensuite, un plan plus rapproché : on était à la lisière de la palmeraie et l'on distinguait les indigènes, fantômes bleus dans leurs gandouras, groupés autour d'un point d'eau. Des gros plans : un chameau dodelinant, morne et hautain, des palmes chargées de fruits, des femmes voilées, effarouchées mais curieuses, des chiens étiques au dos arqué et à la queue en corde.

Contre-champ ! On voyait arriver la DeSoto flamboyante. Elle dansait dans les ravines ocre et ses occupants adressaient des grands signes joyeux à l'objectif. Il y avait Henrico au volant. Son beau-père et Tonton se trouvaient sur la banquette avant, mais sur le dossier, pour se mettre mieux en évidence. Elisabeth et Héléna riaient en se tenant par la taille. Elles envoyaient des baisers à Clémentine, ou bien à l'oasis, ou plus simplement à la pellicule qui s'impressionnait avec un chuchotement mécanique.

— Dis, Sauvage, elle avait pas l'air heureuse ? fit la voix d'Henrico dans le noir.

La lampe du projecteur débordait de l'objectif, jetant une auréole lumineuse sur l'opérateur dont les yeux allaient de l'image au peintre, puisant dans l'une son mépris pour l'autre.

La DeSoto stoppait sous les gigantesques palmiers. Des gamins pustuleux la cernaient, mains tendues, et

Henrico s'en débarrassait en lançant à toute volée un paquet de cigarettes dans une touffe de cactus. Les enfants s'élançaient en se bousculant. Mais, pudiquement Clémentine avait abandonné leurs reptations à travers les palettes épineuses, puis leur bagarre lorsqu'ils avaient retrouvé les cigarettes.

— Regarde-la, mon Héléna. Sauvage ! Regarde-la bien !

Elle aidait sa mère à sortir des sièges pliants du coffre de l'auto ainsi que des paniers de victuailles. Elle continuait de rire, d'adresser ce qu'on devinait être des plaisanteries à la caméra.

— Dis, Sauvage, c'est une femme malheureuse, ça ?

— Non, c'est une femme qui est en train de se distraire, répondit Sauvage, et qui n'en a pas l'habitude, et qui en fait trop !

Il y eut un grand moment d'une émotion tragique. La présence sur l'écran de celle qu'on venait de porter en terre le jour même les bouleversait. Ils ne pleuraient pas, ils regardaient, hypnotisés par cette toute jeune femme en robe jaune, aux longs cheveux soyeux, dont les yeux avaient la même couleur que le point d'eau de l'oasis, sous l'ombre verte.

— Puisque je te jure qu'elle était heureuse ! se lamenta Henrico.

Il bouscula l'appareil qui tomba sur le flanc. Le film continua de se dérouler en travers, mordant sur le mur du fond où il s'élargit démesurément. Henrico prit François Sauvage par le cou, comme si c'eût été un vieux copain compatissant.

— Je suis pas une girouette, je suis pas une lavasse, Sauvage ! Je ne jure pas en vain ! Eh bien ! je te jure qu'elle était heureuse et qu'elle nous aimait, je te le jure sur la terre de sa tombe !

Il se courba comme un arbre dans le vent, posa sa tête sur l'épaule de François et se mit à pleurer.

CHAPITRE V

François Sauvage ne réagit pas et s'appliqua à demeurer immobile, support involontaire de cette peine qu'il avait provoquée.

Angelo arracha la prise de l'appareil de projection.

— Donne la lumière, Clémentine !

La jeune fille était restée près du commutateur, comme toujours lorsqu'on procédait a une séance de cinéma familial. C'était elle qui plaçait le film dans son logement, elle qui faisait le point, veillait à tous les réglages, puis lorsque tout fonctionnait rond, elle s'écartait, laissant son beau-frère jouer les projectionnistes, pour se contenter d'éteindre ou d'éclairer la pièce.

La lumière revint. Ils clignèrent des yeux. L'oasis aux couleurs folles était comme tombée de l'écran. La pièce, maintenant, paraissait déserte et sale.

— Remise ton bastringue, Henrico, dit Angelo, et essaie d'avoir un minimum de pudeur, mon garçon.

Sans tes coups de gueule et tes singeries, tout irait beaucoup plus vite !

Le veuf réalisa brusquement qu'il pleurait sur l'assassin de sa femme et s'écarta de Sauvage avec une mimique horrifiée.

— Reprenons, fit Angelo.

— Tu ne penses pas que ça suffit comme ça ? demanda sa femme.

Une petite phrase venait de ruiner à tout jamais son existence : *Je ne suis pas heureuse parce que je n'aime personne, François !*

— J'ai dit qu'on devait tout connaître, on n'y revient pas ! gronda Tziflakos.

— Attends, murmura Elisabeth. Je voudrais lui poser une question au passage…

Et, à François qui attendait, l'air navré :

— A votre avis, pourquoi n'aimait-elle personne ?

Il ouvrit sa bouche aux lèvres gonflées par les coups.

— J'y ai beaucoup pensé, madame. Je pense qu'elle n'aimait personne parce que personne ne cherchait vraiment à se faire aimer d'elle.

— Et moi, alors ? ne put s'empêcher de lancer Henrico.

— Vous non plus ! affirma durement le peintre. Chaque être attend quelque chose de ses contemporains, et en particulier de ses proches. Ce quelque chose, c'est une chaleur, un courant électrique. Ici, j'ai l'impression que le courant ne passait pas, du moins, qu'il n'était pas transmissible à Héléna. Pour elle, il eût fallu inventer un langage, trouver une certaine douceur… Je me trompe, mademoiselle ? demanda-t-il à Clémentine qui écoutait, assise sur la dernière marche de l'escalier.

Elle rougit et répondit « Peut-être… », sans regarder ses parents.

— C'est tout ce que tu as à lui poser comme question ? fit Angelo.

Ce bavardage l'irritait. Il lui fallait un récit sec et précis comme un rapport de gendarme.

— Pour l'instant, oui ! déclara sa femme en s'efforçant d'être ferme.

— Parfait. Vous disiez qu'elle a beaucoup bu chez vous, ce jour-la ?

— Elle aurait bu bien davantage si je l'avais laissée faire. Mais j'ai refusé de lui servir un troisième verre. Ses yeux brillaient et ses gestes devenaient maladroits…

— Vous lui avez reparlé d'amour ?

— Pas cette fois-ci, non. Le climat n'y était pas.

— Je t'en foutrai du climat ! marmonna Henrico.

— Silence ! hurla Angelo. Un mot encore, et je vais l'interroger seul à seul dans ma chambre !

Ils se turent et leurs regards se dérobèrent. Une fois de plus, le chef les domptait.

— Elle est restée longtemps chez vous ?

— Non. Je lui ai dit que j'avais besoin de la revoir souvent pour mieux la connaître. Elle m'a promis de revenir chaque fois qu'elle le pourrait. « Avec vous, tout est possible ! » m'a-t-elle lancé en s'en allant.

— Quand est-elle retournée vous voir ?

— Oh ! une semaine après, au moins, mais elle me téléphonait tous les jours.

— De quoi vous parlait-elle ?

— De ses visions…

— Quelles visions ?

— Elle voyait des paysages à travers ses timbres et au plafond de sa chambre. Des rivages enchanteurs, des forêts pleines d'oiseaux de couleurs où elle devenait Robinson.

— Elle était ivre ?

— Je suppose qu'en effet, l'alcool l'aidait à s'évader…

— Et puis ?

— Et puis rien… Je pensais à elle comme un perdu. Je lui proposais de partir avec moi à chacun de ses appels téléphoniques, et de l'emmener là où elle rêvait d'aller…

— C'est-à-dire ?

— Ailleurs.

— Et comment accueillait-elle ces propositions ?

— Elle refusait, alléguant qu'elle ne m'aimait pas non plus ! Huit jours plus tard, un matin, elle m'a demandé la permission de venir.

— Un instant ! coupa Angelo.

Il se tourna vers son frère.

— Tu assistais à ces coups de téléphone, Constantin ?

— Pas du tout ! Elle prenait le poste du haut, se rebiffa l'infirme. Tu penses bien que si j'avais entendu des trucs pareils, je t'aurais…

— Oui, j'espère, dit sombrement Angelo. Donc, monsieur Sauvage, elle vous a rendu visite un matin, disiez-vous ?

— Oh ! une visite-éclair. Elle n'est même pas entrée. Elle m'a dit simplement ceci « François, je ne vous aime absolument pas, mais je voudrais essayer de vous aimer. Que faut-il faire pour y parvenir ? »

Il hocha la tête.

— C'est bien la question la plus effarante qu'on m'ait jamais posée. Elle m'a pris de court… Je lui ai promis d'y réfléchir et de lui donner la réponse dès que je l'aurais trouvée. Voyez-vous, monsieur Tziflakos, Héléna ressemblait à un plant de vanille…

— Je ne comprends pas.

— La vanille est une orchidée parasite qui s'enroule après le tronc d'un autre arbre. Héléna avait besoin d'un tuteur auquel s'agripper. Elle ne pouvait s'épanouir qu'à l'aide d'une autre plante plus forte qu'elle. Jusque-là, elle rampait alors qu'elle était plante grimpante par essence. Le temps était venu pour elle de s'élever enfin…

— Je crois vous avoir déjà dit que j'appréciais peu votre littérature, monsieur Sauvage.

— J'essaie de vous expliquer votre fille, monsieur Tziflakos. N'est-ce pas ce que vous cherchez ?

— Ma fille, je la connaissais. Je n'attends de vous que des faits ! Ce n'est pas Héléna qu'il faut me raconter, c'est le chemin qui conduisit à sa mort.

Le peintre opina mélancoliquement.

— Et vous avez découvert le moyen de vous faire aimer d'elle ? interrogea la mère.

— Je suis venu un soir qu'il y avait réunion des exploitants agricoles. L'oncle était couché et Clémentine travaillait son violon dans sa chambre. Le *Tango* d'Albeniz, n'est-ce pas, mademoiselle ?

— Je jouais devant la fenêtre. Il faisait clair de lune. J'avais vu arriver la 2 CV jaune... L'envie m'est venue de descendre rejoindre ma sœur mais, à la réflexion, j'ai continué de travailler pour ne pas les déranger. Je devinais que quelque chose s'élaborait entre Héléna et François Sauvage ; cela m'effrayait. Je pressentais déjà de funestes conséquences, mais je ne voulais pas intervenir. Je me suis remise à jouer avec plus de ferveur...

— J'ai rien entendu ! jura Constantin.

Il dormait bien, pour un vieillard. L'alcool lui tenait lieu de somnifère. A peine au lit, il sombrait dans un sommeil pesant et tourmenté, peuplé de dangers tarabiscotés.

— Vous lui apportiez la réponse ?

— Non, dit François. Je suis seulement venu lui faire observer que si elle avait la volonté de m'aimer, c'est qu'elle m'aimait déjà en puissance.

— Ça l'a convaincue ?

— Non. Elle m'a juré qu'elle n'éprouvait pour moi rien d'autre qu'une forte sympathie. Elle a montré beaucoup de dépit. Elle s'attendait à une trouvaille lumineuse de ma part, elle espérait que je lui apportais une recette. Seulement, il n'existe pas de recette pour provoquer l'amour. Il est ou il n'est pas. On a bavardé un certain temps. La petite jouait divinement. Sa musique nous faisait du bien.

Il se tut pour se perdre dans les fumées du souvenir.

Héléna se tenait sur le canapé, comme toujours. La lumière de la nuit entrait par la fenêtre de la loggia et l'éclairait par-derrière. Sa silhouette s'y découpait comme sur un vitrail. Il lui avait parlé d'amour sans savoir ce qu'il disait. Les mots lui venaient automatiquement. A un certain moment…

— Et après, monsieur Sauvage ?

Il sortit de sa torpeur bienheureuse, regarda son tourmenteur comme s'il le reconnaissait difficilement…

— A un certain moment, reprit-il à haute voix, elle m'a dit : « Je vais faire une expérience. » Elle est allée chercher une bouteille de whisky et a bu à longs traits, à même le goulot.

— Vous n'avez pas cherché à l'en empêcher ?

— Pas cette fois-là, reconnut-il. Elle semblait trop déterminée.

— Continuez…

— Quand elle a eu bu, elle m'a fixé un instant, puis elle a secoué la tête d'un air désenchanté. « Quelquefois, quand j'avale un bon coup de whisky, j'ai l'impression de vous aimer, m'a-t-elle expliqué. Mais aujourd'hui, ça ne me fait rien. Rien du tout ! »

« Ça m'a foutu en rogne, poursuivit Sauvage. Je lui ai affirmé que l'amour à base de gnole, ça ne pouvait pas être de l'amour, mais un mirage. J'ai juré que je n'en voulais à aucun prix, qu'au contraire, je trouvais ça méprisable.

« Je n'ai pas d'autres moyens de provoquer le déclic » m'a-t-elle dit.

« Alors, ne m'aimez pas ! »

« Vous ne croyez pas, François, qu'un jour, lorsque le fameux déclic se sera produit, ça continuera d'exister même après que les vapeurs de l'alcool se seront dissipées ? Après tout, c'est ce qui compte ! »

« Nous avons dû interrompre là cette discussion car vous êtes revenus de votre réunion. On a aperçu les phares de votre auto dans la vitre. Heureusement, j'avais garé ma voiture derrière la maison. Je suis sorti par la fenêtre de la loggia et j'ai poussé ma 2 CV à la main sur cinq cents mètres avant de démarrer… »

CHAPITRE VI

Angelo bourra une nouvelle pipe, mais, renonçant à l'allumer, il l'abandonna dans une coque de noix de coco servant de pot à tabac.

— Cette soirée dont vous parlez, fit-il, ne remonte qu'à une quinzaine de jours ?

— Environ, oui.

— C'est ce soir-la qu'Héléna sentait l'alcool, assura Henrico. Elle a prétendu en avoir bu pour chasser un mal de cœur. On avait eu des sardines grillées au repas du soir et elle…

— Tais-toi donc ! conseilla Clémentine.

— Je n'ai pas d'ordre à recevoir de toi, morveuse !

Angelo jouait avec l'allumette dont il ne s'était pas servi. Il la tenait bloquée entre le pouce et l'index de sa main droite et, par un tour de passe-passe machinal, la passait entre le pouce et l'index de sa main gauche. Jadis, il exécutait ce petit gag de manipulateur pour distraire ses filles quand on les faisait dîner. Héléna surtout manquait d'appétit et Tziflakos l'amusait pendant que, sournoisement, sa femme fourrait des cuillerées de bouillie dans la bouche de l'enfant.

François regardait l'allumette changer de main alternativement, essayant de comprendre le truc.

— Donc, à la suite de ça, les choses ont dû aller très vite, reprit Angelo.

— Assez, oui, admit le peintre.

— Alors, racontez…

— La fois suivante, nous sommes allés en ville. Je crois que cela s'est passé deux jours plus tard. Elle est venue chez moi au volant de l'auto. Elle a klaxonné. « Je vous enlève, François ? » Je voulais me changer. Elle a refusé. Je portais un blue-jean maculé de peinture et un polo troué, des savates… Ça l'a amusée. Je n'avais pas un sou sur moi. Il s'agissait réellement d'un enlèvement. A plaisir, elle a emprunté les plus grandes artères de la ville. Lorsqu'elle a eu parqué la voiture, nous avons déambulé dans le centre, la main dans la main. Je ressemblais à ces touristes-clochards qui font du stop et ne se lavent pas. J'avais honte pour elle, mais notre escapade l'amusait. « On va aller au cinéma ! » a-t-elle décidé. Nous sommes entrés au *Miramar* ; c'est elle qui a payé les places puisque je n'avais pas d'argent !

— Maquereau ! glapit Henrico.

La vision de sa femme marchant en ville en tenant la main de François le rendait fou. Il s'assit à califourchon sur sa chaise. Ses gros bras velus enveloppaient totalement le dossier du siège.

— On donnait un film en couleurs dont je ne me

rappelle plus le titre, un truc américain qui se passait sur un bateau…

— Et tu as essayé de la peloter dans le noir, hein, Sauvage ? demanda le veuf.

— Est-ce qu'on pouvait avoir envie de peloter Héléna ? demanda Sauvage. Est-ce qu'on pouvait oser ?

Il se souvint des confidences d'Henrico dans la chambre… Au retour du théâtre, il caressait les cuisses de sa femme dans la voiture, à la faible lumière que répandait le cadran du poste de radio. Et Héléna subissait, mieux, selon Henrico, elle prenait un certain plaisir à la chose. Ensuite, elle rabattait sa jupe. François essayait d'imaginer la scène. Sa conception d'Héléna vacillait un peu, très peu. Etait-elle réellement ce qu'il lui avait semblé qu'elle fût ? Sauvage savait que ses heures étaient comptées et il regrettait de devoir abandonner ses investigations imaginaires. Il eût voulu les poursuivre, ressusciter chaque seconde de leurs rendez-vous pour accéder à une certitude absolue. Cet interrogatoire l'aidait, dans le fond. Pour la dernière fois sans doute, il partait à la recherche d'Héléna.

— Vous avez parlé, au cinéma ?

— Pas tout de suite. Nous n'avions pas l'habitude d'être de profil, ça nous déroutait. A un certain moment, le sac à main d'Héléna lui a glissé des genoux. Nous nous sommes baissés en même temps pour le ramasser, nos fronts se sont heurtés, ça nous a fait éclater de rire. J'ai pris le sac, un petit sac en cuir tressé. Son poids m'a surpris. Il était terriblement lourd.

« Vous charriez des cailloux, là-dedans, Héléna ? »

Elle l'a ouvert et m'a montré son contenu. Un énorme revolver l'occupait entièrement.

Ils s'exclamèrent.

— Mon revolver ? demanda Angelo.

— Oui. La présence de cette arme dans ce petit sac avait quelque chose d'effarant...

« Vous avez peur d'être agressée ? » ai-je questionné.

« Non, j'attends le moment de m'en servir... »

« Contre qui, grand Dieu ! »

« Contre moi-même... »

« Héléna ! »

« Taisez-vous ! On nous regarde... »

« Sur l'écran, un couple s'embrassait, et nous ne savions pas à la suite de quelles circonstances, car le film était déjà commencé à notre arrivée.

— Le revolver, bon Dieu ! Parle ! ordonna Henrico.

— Je lui ai demandé si elle voulait se suicider. « Je n'aime pas ce mot, m'a-t-elle répondu, mais, en effet, je compte bien disparaître à brève échéance. Ça ne peut pas durer, François. Ça ne peut plus durer... »

— Vous auriez pu nous prévenir ! coupa Elisabeth, c'était de votre devoir !

— Je sais. Mais je sais également que vous ne pouviez rien pour elle. C'est vous qui l'avez laissée devenir cet être solitaire et perdu.

— Nous l'ignorions, plaida la mère. Oh ! oui, je ne pouvais pas me douter d'une chose pareille ! Elle paraissait si naturelle...

Sauvage lissa sa pommette gonflée de sang, comme on lisse une pomme pour la faire briller.

— Je vais être cruel, madame Tziflakos, mais le rôle d'une mère n'est-il pas précisément de comprendre ses enfants ? Qu'un père ignore où en est le moral de sa fille, passe encore : les hommes comprennent peu de chose aux femmes et rien du tout à celles qui leur sont proches. Mais une mère…

— Un mot encore, et je vous écrase contre le mur comme une punaise, monsieur Sauvage ! gronda Angelo. Je vous le répète : ni leçon de grammaire ni leçon de morale.

— Ce type ! bégaya Henrico. Oh ! ce type, je vous jure !

Clémentine quitta sa marche d'escalier et s'approcha d'eux.

— Maman, il a raison ! Vous disiez d'Héléna qu'elle n'était pas « causante », ou bien « qu'elle avait son caractère » et vous acceptiez son tempérament en croyant qu'il était naturel sans chercher à en savoir plus. Moi, lorsque j'ai commencé à comprendre la solitude de ma sœur, il était trop tard déjà, le mal était ancré et je n'étais pas assez hardie pour lutter, notre différence d'âge nous séparait.

— On a toute la vie pour épiloguer, trancha rudement Angelo en écartant sa fille d'un mouvement énergique. Lui, il n'a que quelques heures pour tout raconter… Laisse-le finir.

Il revint à François. L'épuisement achevait de ruiner

les dernières forces du peintre. Il était affaissé sur sa chaise.

— J'attends, monsieur Sauvage.

— Je ne me sentais pas le courage de rester devant cet écran bourré de niaiseries, après ce qu'elle venait de m'avouer. Elle a refusé de sortir. « Partez si vous voulez, moi, je veux voir la fin. » Je suis sorti et je l'ai attendue dans le hall en faisant les cent pas. Elle n'a pas tardé à apparaître. Elle jouait à être furieuse. « Ça me plaisait, protestait-elle. Le beau lieutenant prenait la tête de la mutinerie et il allait épouser la fille du commandant après deux mille mètres de guimauve ! »

« Nous avons marché, marché... Je m'en foutais, de ma tenue, de mes savates qui laissaient passer les ongles de mes gros orteils... A la fin, on s'est assis dans un square, sous les palmiers. « Donnez-moi ce revolver, Héléna ! » « Jamais de la vie ! D'abord, c'est celui de papa ! » « Alors, remettez-le où vous l'avez pris !... Dites, ce n'est pas sérieux ? Vous n'avez pas l'intention de vous en servir ? » « Je ne pense qu'à ça, au contraire. » « Mais pourquoi diable vouloir mourir ? » « Pourquoi diable vouloir vivre ? Parfois, m'a-t-elle avoué, je vais le chercher dans le vieux secrétaire et je le caresse des heures durant, comme on caresse un petit animal. Je sais que ma mort est là-dedans, qui attend son heure en somnolant. Papa le graisse de temps à autre, parce que c'est un homme méticuleux. Ça m'amuse, car il ne se doute pas que mon avenir est emmagasiné dans la crosse de cette arme ! S'il se doutait, il irait la jeter. Ou plutôt, non, il se contenterait de la cacher ailleurs. » « Si vous parveniez à m'aimer, auriez-vous encore envie de vous détruire ? »

« Elle a réfléchi. Ça a pris du temps. Elle regardait le ciel à travers les palmiers jaunis, et puis son sac gonflé par l'arme, et puis elle me regardait en fronçant le nez. « Si je parvenais à vous aimer, a-t-elle fini par murmurer, je mourrais immédiatement. Voyez-vous, François, pour tout vous avouer, si je souhaite vous aimer, c'est pour trouver le courage d'en finir. Ça doit être bon, ce sentiment de plénitude quand on reconnaît qu'on aime ! Ce serait une apothéose, rien de mieux jamais ne pourrait m'arriver, alors je voudrais disparaître avant que ce moment s'achève. Un amour, François, ne doit être vraiment merveilleux que lorsqu'il naît. Ensuite, il fait comme les hommes : il entreprend de mourir ! Il se détériore lentement. Vous connaissez la phrase de Cocteau : *Passe ta vie devant ton miroir et tu verras travailler la mort comme des abeilles dans une ruche de verre !* Je ne voudrais pas voir mourir mon amour. On n'a pas le droit de survivre à ses enfants, et si j'aimais, ce serait comme un enfant… Un amour qui jaunit, qui se recroqueville, qui s'abîme. qui souffre, qui agonise, ça n'est pas supportable ! »

François avait les yeux fermés. Il ne pouvait supporter ces visages tournés vers lui, attentifs et silencieux. Il récitait, changeant inconsciemment de voix lorsqu'il jouait le rôle d'Héléna.

— « Pourquoi notre amour agoniserait-il ? Si vous m'aimiez, nous partirions… Je vous emmènerais en

Europe. Nous prendrions un atelier à Paris… » « Et puis, François ? »

Il rouvrit les yeux.

— Ça m'a pris de court. Elle avait raison, dans le fond. Et puis après ? Nous serions devenus un couple qui s'use à force de se frotter. « N'empêche, ai-je objecté, que ça serait formidable de vivre ensemble, d'acheter ensemble des poireaux pour la soupe, de monter dans un train, de s'asseoir à la terrasse d'un café… »

« Elle m'écoutait en secouant la tête. Un peu de pitié se lisait dans son regard incrédule. « Vous ne me croyez pas, parce que vous ne savez pas ce que c'est que l'amour ! » lui ai-je lancé. « Vous le savez, vous ? «Parfaitement ! » « Vous avez déjà aimé ? »

J'ai dû convenir que la chose m'était arrivée. « Vous voyez bien que ça ne dure pas, puisque vous m'aimez en ce moment ! a-t-elle objecté. *Donc, l'amour meurt fatalement !* »

Sauvage soupira profondément.

— Il n'y avait plus rien à lui dire, monsieur Tziflakos ! Plus rien !

CHAPITRE VII

— Et vous vous êtes quittés sur cette menace, monsieur Sauvage ?

Il affronta le regard d'Elisabeth, le trouva pathétique et un regret immense le dévasta soudain. Peut-être que s'il avait refusé de se prêter à ce jeu vénéneux, peut-être que s'il avait fait montre d'autorité, pris de force le revolver et prévenu Tziflakos…

— Elle m'a déposé à la maison. En cours de route, j'ai plaidé la cause de la vie, mais elle riait de mes arguments.

— Elle avait bu ?

— Pas ce jour-là.

— Quand vous êtes-vous revus ?

— Le jour de sa mort.

— Comment ! s'étonna Angelo. Vous êtes restés tout ce temps sans vous rencontrer ?

— Elle me téléphonait beaucoup, plusieurs fois par jour, sitôt que vous la laissiez seule. Elle s'amusait à me tourmenter. Elle donnait, par exemple, des chocs sur le combiné du téléphone. « Savez-vous ce qui fait ce bruit, François ? demandait-elle. Le canon du revolver ! » Ou bien « Vous entendez ce clapotement ? C'est mon verre de whisky que je vais vider ! » Et elle buvait près du micro. « Vous me méprisez un peu, avouez ? » « Non, Héléna, je vous plains ! » « Ça, je vous le défends. Vous avez tort, d'ailleurs. Il y a du progrès : il m'arrive d'être amoureuse de vous dès le premier verre. On approche du dénouement, non ? » Elle raccrochait toujours rapidement. Elle avait trouvé une formule. Elle chuchotait : « On vient ! » Ça lui évitait les réponses aux questions embarrassantes, les prises de congé aussi.

— Quelles questions embarrassantes ? interrompit Henrico.

— Je lui demandais par exemple de faire l'amour avec moi.

— Et elle te raccrochait au nez, parce que tu la dégoûtais !

— Un jour, elle m'a répondu : « Mais à quoi bon, puisque je ne vous aime pas ? » « Puisque vous n'aimez personne, vous n'aimez pas non plus votre mari, ai-je objecté et pourtant, je suppose que vous faites l'amour avec lui ? » « Ce n'est pas pareil : je remplis mon devoir conjugal ! »

— Elle a dit ça, tu es sûr ?

— Oui.

Henrico passa sa main énorme dans les cheveux mouillés de sueur de François.

— Ah ! soupira-t-il, comme tu nous auras fait du mal !

— Je dis la vérité, rien que la vérité, toute la vérité ! C'est vous qui l'avez voulue ; si elle vous blesse, ne me le reprochez pas !

— On ne te le reproche pas, Sauvage. On constate.

Henrico geignit en massant sa large poitrine.

— Beaucoup de mal. Bon, achève ! Elle te parlait de moi au téléphone ?

— Cela lui arrivait.

— Elle te disait quoi ? espéra-t-il confusément.

— Que vous étiez un chic type, la crème des maris…

— Tu te fous de moi ?

— Je vous le jure ! Je lui ai demandé si elle avait essayé de vous aimer. Elle m'a dit que l'idée ne lui en était seulement jamais venue et qu'il fallait être un chien pour vous aimer !

— Un chien ?

— « Henrico, m'a-t-elle déclaré une fois, ce n'est pas une présence, c'est une odeur ! »

— Pourquoi ? demanda Henrico à la ronde. Je pue ?

— Mais non, dit Elisabeth, c'est au figuré. Tu es trop fort et elle était trop fragile !

— Eh bien ! justement, alors, si elle était comme un plant de vanille qui cherche un arbre solide pour y grimper… Hein ? Je ne pouvais pas être son tuteur ?

— Vous avez vu monter du lierre après un chêne ? Si on le laisse faire, le lierre finit par tuer le chêne, assura Tonton.

Cela lui fit du bien d'exprimer, à la faveur d'un silence, une image qu'il trouvait jolie. Personne n'y prit garde. Il pensa à des arbres couverts de lierre qu'il avait connus autrefois. Il tuait le lierre, comme on tue un serpent, pour sauver l'arbre. Il se demandait maintenant de quel droit un pied de chêne avait davantage droit à la vie qu'un pied de lierre.

— Ne nous écartons pas du drame ! dit Angelo. Donc, vous vous êtes beaucoup téléphoné, et elle vous menaçait de son suicide !

— Exactement ! Elle m'en menaçait !

— Dites-moi, mon garçon, vous n'avez jamais pensé qu'elle pouvait se foutre de vous ?

François tiqua.

— Comment cela ?

— Nous étions cinq ici à vivre avec elle depuis toujours, cinq qui l'aimions et qui ne nous apercevions de rien.

— Sauf Clémentine ! objecta Sauvage

— C'est une gamine en plein chagrin, prête à croire n'importe quelle histoire, pourvu qu'elle sorte de l'ordinaire.

— Ecoute, papa !

— Tais-toi, ma fille ! Pas maintenant ! Monsieur Sauvage, si Héléna avait été au bord du suicide, croyez-moi, nous l'aurions deviné !

« La vérité, c'est qu'elle a trouvé en vous un être vivant hors de la vie courante et auquel elle a fait du cinéma ! »

— Mais pourquoi ce besoin de faire du cinéma, monsieur Tziflakos ?

Angelo ne trouva rien à répondre.

— Vous me permettez de continuer ?

— Je vous écoute.

— Le jour du drame, elle m'a demandé de venir en m'annonçant que la maison était vide. J'ai accouru. Depuis plusieurs jours, je la suppliais de passer chez moi. Elle refusait régulièrement, prétextant qu'elle avait peur.

— Peur ?

— De me revoir. La première chose que j'ai aperçue en arrivant, c'est votre revolver, posé sur la table.

Sauvage désigna un point précis du meuble.

— Il se trouvait exactement ici, sur un livre, comme un presse-papiers… Mais, que je vous dise, avant…

Il était en proie à trop de souvenirs pressants. Il craignait d'en oublier. Or il tenait maintenant à reconstituer le drame dans ses moindres détails… La vérité lui était plus nécessaire peut-être qu'aux cinq personnages qui le cernaient.

— Héléna m'attendait sous la véranda, les bras croisés. Elle m'a regardé venir sans broncher. Une statue ! Je me suis arrêté tout près d'elle, et sa pâleur m'a frappé. « Etes-vous malade ? » Elle a répondu simplement : « Embrassez-moi ! »

— Ah ! non ! non ! non ! c'est pas à moi que tu feras croire ça ! explosa Henrico. Héléna te demandant de l'embrasser, c'est de la diffamation !

— Je l'ai embrassée…

Il reçut le poing d'Henrico en pleine bouche. Ses lèvres éclatèrent de nouveau et il sentit couler son sang dans sa gorge. Il s'essuya d'un revers de coude. Cette fois, Angelo ne fit rien pour calmer son gendre : il comprenait sa fureur. Deux gifles claquèrent encore. François ferma les yeux et les subit courageusement.

— Je l'ai embrassée, répéta-t-il.

Il attendit. Mais Henrico renonça à cogner encore. Sauvage rouvrit les yeux.

— Elle a subi mon baiser. Ses lèvres sont restées closes, froides. « Entrez, François. » Elle m'a précédé. C'est alors que j'ai vu le revolver. Il n'était pas posé à plat, mais droit sur la tranche de sa crosse, le canon braqué vers la porte. Je l'ai pris et l'ai mis dans ma poche. « Vous avez bu de l'alcool, Héléna ? » « Pas une seule goutte, je vous le jure ! Rendez-moi mon revolver ! » « Pourquoi ? C'est aujourd'hui que vous avez décidé de vous en servir ? »

Sauvage suça le sang qui coulait de ses lèvres. Le devant de sa chemise était complètement rouge.

— Curieux, fit-il, mais en pénétrant dans la pièce, j'avais compris qu'elle ne me faisait venir que pour me dire adieu. Son baiser avait été un baiser d'adieu. Elle n'a pas cherché à nier. Sa résolution transparaissait sur son visage, elle était si nette que je ne trouvais pas les mots pour l'en dissuader. Je bredouillais des « Il faut attendre encore… Prendre des remèdes, il y a des médicaments… Dépression… » Elle hochait fermement la tête. « Vous le savez bien, François, que ce n'est pas une dépression. Pourquoi usez-vous de termes auxquels vous ne croyez pas ? » « En tout cas, je ne vous rendrai pas ce revolver et j'attendrai vos parents pour tout leur dire ! » « Vous pensez sérieusement que ça changera quelque chose ? J'ai tellement besoin de quelqu'un qui me comprendrait jusqu'au bout, François, de quelqu'un qui m'approuverait. J'espérais que vous étiez ce quelqu'un, mais en réalité, vous n'êtes qu'un pauvre bonhomme conformiste, comme tous les autres. Vous vous accrochez à la vie et à ses plaisirs mesquins ! J'aurais dû me douter qu'un garçon qui s'était fait installer à prix d'or la télévision ne pouvait devenir mon compagnon d'évasion… »

Sauvage saisit la main de Tziflakos. Angelo ne la lui retira pas.

— Vous dire ma désillusion ! J'ai compris à cette minute qu'elle n'avait jamais cherché en moi qu'un complice. Elle voulait que je sois l'auteur de sa mort, monsieur Tziflakos. Elle n'avait jamais eu la force ou le courage de franchir le pas, alors elle comptait sur moi.

Tonton pleura sinistrement, et cela rappela un peu les braiements des ânes dans le soir.

Sauvage avala difficilement sa salive gluante de sang.

— « Mais qu'attendez-vous de moi, Héléna ? », lui ai-je demandé. Elle est allée s'asseoir sur le canapé. « Je ne sais pas ! Je voudrais disparaître sans explications. Vous seul sauriez la vérité. Ce serait un secret qui durerait toute votre vie… »

Il se leva, repoussa le fauteuil de Tonton qui lui barrait la route et s'approcha du canapé. Il s'agenouilla devant le meuble, posa son front sur un coussin.

— J'ai mis ma tête sur ses genoux et elle m'a caressé les cheveux. Je pleurais. Il me semblait que le monde basculait. « Il ne faut pas pleurer, François, chuchotait Héléna, je ne suis pas malheureuse en ce moment. Au contraire, je sens enfin une grande douceur dans tout mon être, une grande confiance. »

Elle s'est penchée et sa main a cessé de me caresser la nuque pour descendre lentement jusqu'à ma poche. Je l'ai sentie qui prenait le revolver. Je lui ai saisi le poignet, mais j'étais sans énergie et mon bras n'a fait qu'accompagner le sien. Elle a élevé l'arme jusqu'à sa tempe. Je ne sais combien de temps s'est écoulé. Et puis le revolver est retombé sur le canapé… « Vous voyez bien que je ne peux pas toute seule ! » a-t-elle protesté.

J'ai relevé la tête. Si vous aviez pu lire cette tristesse dans ses yeux ! Tout le désespoir du monde ! Toute l'angoisse du monde ! Tout le renoncement du monde ! Et surtout, toute la supplication du monde ! Elle m'avait choisi pour ça, comprenez-vous ? *Pour ça !* Pas pour l'amour, pour la mort ! Elle attendait, avec tout ce qu'elle possédait de sens, comme une femelle prête attend la décision du mâle. J'ai ramassé le revolver à tâtons. Elle m'a souri un peu. « Oui, a-t-elle soufflé, oui ! » Je ne sais plus exactement ce qui s'est passé. J'ai élevé l'arme. Sa folie m'avait gagné. Une expression de bonheur a illuminé son beau visage. Elle s'est allongée sur le canapé. « Oh ! François, a-t-elle dit, comme je vous aime ! »

J'ai entendu un grand bruit. Un nuage me l'a dissimulée et le revolver s'est mis à me chauffer la main. Je ne la voyais plus qu'à travers la fumée. Elle souriait. Tout cela n'a duré qu'une seconde à peine.

Il se fit un profond silence. Sauvage avait le visage enfoui dans le coussin. Angelo s'approcha et lui toucha l'épaule.

— C'est tout ? demanda-t-il.

— Oui, répondit François. C'est tout !

LE PROCÈS – L'EXÉCUTION

CHAPITRE PREMIER

— Eh bien ! à nous, maintenant, décida Angelo en reprenant sa place à table.

Il s'empara de sa pipe toute bourrée et l'alluma.

A nous ! Les autres se demandèrent ce qu'il entendait exactement par là. Clémentine eut peur de comprendre. Son père l'épouvantait par sa placidité forcenée. Il avait tout écouté sans broncher et, lorsque Sauvage leur avait narré l'instant du drame – avec beaucoup de conviction – Tziflakos était resté de marbre.

— Vous avez entendu le récit de cet homme, reprit-il en tirant quelques bouffées. Si j'ai bien compris, je peux le résumer de la façon suivante : Héléna a fait sa connaissance dans l'intention de se faire assassiner par lui ! Raccourci en une phrase, cela paraît plutôt aberrant, pourtant, c'est bien ce que vous nous avez dit, monsieur Sauvage ?

François était toujours agenouillé devant le canapé. Il releva son visage barbouillé de sang et de larmes. Sa figure était devenue franchement asymétrique.

— C'est la vérité !

— Bien. Il nous a appris au passage qu'Héléna n'aimait personne, qu'elle s'enivrait et qu'elle n'aspirait qu'à cette mort qu'il lui a donnée sans trop se faire prier ! Toujours exact ?

— Toujours, fit François Sauvage.

Il s'assit sur le canapé et abandonna son pauvre corps torturé à la mollesse des coussins.

— Nous allons maintenant tenter d'y voir clair, reprit Angelo. Ce que je trouve frappant dans les déclarations de M. Sauvage, c'est le brusque changement d'attitude de la petite. Au début, elle plaisante, se passionne pour un match de football, et puis, tout à coup, c'est le revolver dans le sac et elle se met à le tourmenter au téléphone. Elle le fait venir et s'arrange pour qu'il la tue ! Sauvage croyait vivre un roman d'amour, erreur profonde, Héléna ne cherchait pas un amant, mais un exécuteur des hautes œuvres.

Angelo saisit le rebord de la table de ses deux mains, souleva le meuble et en martela le plancher.

— Voilà ce qu'il prétend nous faire croire !

Un murmure de protestation courut chez ses interlocuteurs.

— Constantin ! interpella Angelo.

Le vieillard sursauta dans son fauteuil.

— J'estime que tu es le principal témoin, et je te donne la parole !

L'infirme fut paniqué par cette brutale interpellation.

— Comment ? demanda-t-il.

— Ton opinion sur ce que tu as entendu. Parle, dis la vérité !

Tonton rassembla ses esprits tant bien que mal. Il eût aimé avaler un solide coup de whisky, mais n'osa pas, jugeant que le moment se prêtait peu à ce genre de requête.

— Je pense sérieusement qu'il a menti ! affirma-t-il.

— Explique-toi !

— Je ne dis pas qu'Héléna ne s'ennuyait pas un peu, non, faut être franc ! Par moments, elle « languissait » visiblement et parlait beaucoup de rentrer en France. Son rêve, c'était que nous abandonnions ici pour prendre une exploitation dans le Sud-Ouest. Mais de là à être neurasthénique, je proteste. Quand nous étions seuls, elle chantait presque tout le temps, ou bien mettait des disques…

— Elle ne te partait jamais de mourir ?

— Au grand jamais !

— Venons-en à Sauvage. Que te disait-elle de lui ?

Le vieux évita le regard qu'Henrico dardait sur lui.

— Du bien. Elle le trouvait artiste et intelligent.

— Tu te rendais compte qu'il y avait quelque chose entre eux ?

— Seulement de l'amitié. Je pensais que la peinture, ça ne pouvait que la distraire un brin.

— Et le peintre aussi ? demanda méchamment Henrico.

— Rien de mal, je te dis, mon gars. Rien de mal. Un ami, même pas : un copain !

— Tu avais l'impression qu'elle n'aimait personne ?

— Sûr que non ! protesta l'infirme. A chaque instant, elle passait derrière mon fauteuil et me mettait les mains sur les yeux « Devine qui c'est ! », criait-elle en riant. Nous étions rien que nous deux, je m'amusais... Parions que c'est Héléna ! », je répondais. « Et si un jour ce n'était pas moi ? faisait-elle. Hein, Tonton ? Si c'étaient deux mains étrangères et quelqu'un que tu ne connais pas ? »

— C'est pourtant clair, non ? fit Sauvage depuis le canapé. Elle faisait allusion à l'être que vous ignoriez qu'elle était en réalité !

— Qu'allez-vous chercher ! soupira Tonton. Elle jouait. Elle m'aimait bien ! Moi, je me porte garant de ça, vous m'entendez tous ? Elle m'aimait bien.

Son menton se remit à chevroter.

— Merci, dit Angelo. A toi, Elisabeth.

La mère saisit les deux pointes de son col noir et les réunit entre ses lèvres minces. Elle se mit à les mordiller.

— Tu ne veux pas parler ? encouragea Tziflakos d'une voix meilleure.

— Pour dire quoi ?

— Ton opinion sur l'histoire qu'il vient de nous raconter.

— Elle est si nouvelle pour moi ! J'ignore ce qu'il convient d'en penser.

— Tu y crois ou non ?

— Non !

— A cause ?...

— Héléna n'avait pas envie de mourir.

Elle s'adressa à François qui écoutait.

— Vous m'avez reproché de ne pas connaître mes enfants. C'est faux et odieux, je m'occupais parfaitement de mes filles. Héléna était une nature rêveuse, on ne doit pas bousculer les rêveurs ; ce sont des somnambules de la vie diurne. Un rêveur n'est pas un triste. Son visage semble mélancolique parce que son esprit est ailleurs, mais en fait, il est bien dans sa peau. Il vit les mille vies qui le tentent, il lui suffit de fixer un plafond blanc, le ciel ou une mouche dans le coin de la vitre. Je n'éprouvais aucune inquiétude à propos d'Héléna. De plus, elle nous aimait. Combien de fois l'ai-je vue entrer dans ma chambre, s'asseoir sur mon lit et me regarder tendrement. Elle aimait me voir m'habiller. « Tu as gardé un corps magnifique, maman, me répétait-elle. Je souhaite avoir le même à ton âge ! » Sont-ce là les préoccupations d'une fille qui prépare sa mort, Angelo ?

— Rien d'autre à ajouter ? éluda Tziflakos.

Elisabeth fit signe que non.

— Henrico ?

Le veuf ne pouvait parler calmement en restant assis. Il lui fallait du mouvement. Il avait besoin, pour mieux s'exprimer, de secouer son grand corps comme on secoue un arbre afin d'en décrocher les fruits.

Mains aux poches, il arpenta la pièce.

— C'est même pas la peine de me demander mon avis. Tout ce qu'il nous a dit d'Héléna est faux, archifaux ! J'ai un peu honte d'aborder la question devant vous, sa famille. Pourtant, j'aime mieux que vous sachiez tout : ma femme était une grande amoureuse, voilà ! Le devoir conjugal ? Laissez-moi hausser les épaules. Le plaisir conjugal, oui ! Elle aimait l'amour ! Et elle m'aimait ! Est-ce qu'une femme se donne avec fougue à un homme qu'elle n'aime pas ? Ridicule ! Sur un autre plan, vous aussi, elle vous aimait. La fois que maman se plaignait d'un sein, elle est restée des nuits sans dormir, jusqu'à ce qu'on ait les résultats de l'analyse ! Qu'est-ce que ça aurait pu lui faire, autrement, si elle n'avait aimé personne, si elle avait projeté de se suicider, hein ?

Ils approuvèrent. Un certain soulagement s'opérait, timide d'abord, mais qui se fortifiait à chacune des dépositions.

— Ton avis, Clémentine ?

— Oh ! elle…, grogna Henrico.

— Elle, c'est un témoin aussi valable que toi ou moi ! trancha Tziflakos. Je t'écoute, ma fille. Tu avais des choses à nous dire. Je t'ai fait taire jusqu'à présent, mais le moment est venu de parler.

Clémentine tira sur sa jupe et se mit à en tâter l'ourlet avec la mine empruntée d'une pensionnaire d'orphelinat dont c'est la première sortie.

— Ecoute, père, c'est difficile, commença-t-elle.

— Qu'est-ce qui est difficile ?

Elle tardait à répondre. Au lieu de la bousculer, Angelo calma ses angoisses.

— Tu n'as qu'à dire ce que tu crois être la vérité, mon petit. Il n'y a rien de plus facile à dire que la vérité.

Elle ne doit jamais faire peur, même si on craint ses conséquences.

— Eh bien ! voilà, entreprit Clémentine.

Elle essayait de ne pas cligner des paupières, mais au bout d'un instant de fixité, ses yeux se mettaient à papilloter.

— Tout ce que François Sauvage a dit me paraît à peu près juste, sauf la fin.

— Tu peux préciser ?

— Je pense que ma sœur était un être terriblement seul et qui s'ennuyait profondément dans la vie. Je trouve idiot par contre de prendre ses dires ou ses actes pour argent comptant.

— Continue !

— Je m'explique : quand elle déclare à François Sauvage qu'elle est malheureuse parce qu'elle n'aime personne, elle exagère et fait du romantisme. Par contre, qu'elle se montre bonne épouse au lit ou qu'elle ne dorme pas parce qu'elle redoute que maman ait un cancer ne prouve pas qu'elle adore son entourage. Tout cela est schématisé. Elle n'était ni aussi sèche ni aussi tendre. C'était quelqu'un de plus nuancé, mais qu'elle ait joué ce personnage pour se rendre intéressante aux yeux de M. Sauvage ne me surprend pas. Elle avait besoin de s'affirmer. Dans cette maison, elle n'était qu'une épouse, une fille, une sœur… Pour nous autres, elle ne possédait pas de mystère. On lui demandait d'entretenir le linge, de faire les courses et d'obéir. François lui a apporté l'évasion, la possibilité de se manifester autrement qu'à travers des confitures d'ananas…

Angelo attendit. Comme la jeune fille se taisait, il demanda :

— Tu as dit que le récit de M. Sauvage te paraissait juste, sauf à la fin ! Qu'entendais-tu par « sauf à la fin », Clémentine ?

— Je ne pense pas que ma sœur ait eu envie de mourir à partir d'un certain moment.

— A partir de quel moment, ma fille ?

— Disons à partir de la seconde visite de François Sauvage à la maison. Auparavant, oui, sans doute y a-t-elle songé… mais plus après !

— Et pourquoi ?

— Parce qu'elle l'aimait, parce qu'elle était folle de lui !

Sauvage se dressa et tendit les bras.

— Vous êtes certaine de ce que vous dites ? cria-t-il.

— Oui, assura la jeune fille. Certaine !

— Elle te l'a dit ? demanda Angelo.

— Elle me l'a dit, dès le jour où elle pleurait après son départ.

— Bon…

Ils s'abstinrent de regarder Henrico. Celui-ci avait gagné le fond de la pièce et frottait son front contre le mur.

— Toi, tu n'as pas donné ton opinion, Angelo, fit brusquement Elisabeth.

— Oh ! moi, j'ai la preuve qu'il a menti, assura le

père. Mais avant de la lui administrer, je tenais à avoir votre opinion sur son récit.

Henrico se rapprocha :

— Quelle preuve, père ?

— Mon revolver est resté plus d'un mois chez l'armurier et je ne l'ai remis dans le secrétaire que deux jours avant le meurtre, elle ne pouvait donc pas l'avoir au cinéma !

CHAPITRE II

— Voyez-vous ça ! fit Henrico.

Sauvage convaincu de mensonge ! Plus rien ne tenait ! Il s'en fut s'asseoir au côté du peintre sur le canapé et lui donna un coup de coude.

— Qu'est-ce que tu réponds à M. Tziflakos ?

François se frotta les yeux. Il ne savait pas au juste s'il avait envie de dormir ou de mourir. Un besoin de repos total le prenait.

— J'ai menti. Il n'y avait pas de revolver dans son sac !

— Veux-tu que je te dise ? Tu es un bluffeur, Sauvage. Ce que tu racontes ressemble à ta peinture : c'est tout déformé, c'est pas réel, ça penche d'un côté ou d'un autre, mais ça ne tient en tout cas pas debout !

— Tout le reste est vrai ! déclara François.

— Pourquoi avoir menti à propos du revolver, en ce cas ? demanda Angelo qui lui tournait le dos.

Le chef des Tziflakos avait ses coudes bien plantés

sur la table et tenait le fourneau de sa pipe dans ses deux mains.

— Pour donner plus de vérité à mon récit. La chose s'est passée de la façon suivante : le sac à main est tombé. Je l'ai ramassé et c'est vrai qu'il était lourd. J'ai demandé à Héléna ce qu'il contenait : « Un revolver ! », m'a-t-elle répondu. J'ai voulu vérifier, mais elle refusait, le défendait farouchement. J'ai fini par m'en emparer de haute lutte. Les spectateurs protestaient à cause du tapage que nous faisions. J'ai ouvert le sac et constaté qu'il ne contenait qu'une minaudière de forte taille. « J'ai souvent le revolver de mon père, vous savez ? », m'a-t-elle affirmé.

« Ensuite, tout s'est passé comme je vous l'ai raconté. Elle m'a parlé de son besoin de mourir et m'a assuré que son amour pour moi, s'il se produisait, ne ferait que précipiter sa décision. »

— Clémentine prétend qu'elle vous aimait follement depuis un certain temps déjà.

— Elle me l'a caché jalousement. Ce n'est qu'à la dernière seconde qu'elle…

— Vous ne revenez pas sur vos déclarations ? coupa Angelo.

— Non.

Tziflakos se leva et se dirigea vers un placard dont il ouvrit un tiroir. Il se mit à farfouiller dedans jusqu'à ce qu'il eût déniché un bloc de correspondance, un flacon d'encre et un stylo dont le réservoir ne fonctionnait plus et qu'on utilisait comme un porte-plume.

— Venez vous installer ici, monsieur Sauvage !

François obéit.

— Vous allez écrire une confession. Soyez bref. Tournez-moi ça dans le style : *Je reconnais avoir abattu Mme Sigura au cours d'une crise passionnelle.* Précisez qu'elle n'était pas votre maîtresse, je vous prie.

Sauvage prit le stylo et tâta la pointe de la plume avec le pouce. Angelo dévissa le bouchon de l'encrier, puis il alla chercher ses lunettes et en chaussa son large nez. C'étaient des lunettes à grosse monture noire qui lui barraient le visage. Elles accentuaient la sévérité de ses traits, donnaient un flou inquiétant à son regard fixe. Il attendit, penché sur l'épaule de Sauvage. Le peintre réfléchit, puis se mit a écrire d'une écriture droite et épaisse. Angelo lisait au fur et à mesure, approuvant chaque mot d'un hochement de tête, comme un maître encourage un élève. Lorsque ce fut fini et que François eut signé, Tziflakos arracha la feuille du bloc et l'agita pour la faire sécher.

Sa famille, muette, attendait. Angelo souffla sur l'encre, plia la feuille en quatre et la serra dans son portefeuille.

— C'est à présent qu'il faut décider, fit-il.

Chose curieuse, il s'adressait à son frère uniquement. Pour quelques instants, Tonton retrouva ses prérogatives d'aîné. Il ne fut plus un vieillard timoré, mais un farouche patriarche conscient de son rôle et du poids de ses décisions.

— Je pense que c'est tout décidé, Angelo. Il doit payer !

— Evidemment, qu'il doit payer ! s'étrangla Henrico. Je ne conçois même pas votre question, père !

— De quelle façon ? insista Angelo en ôtant ses lunettes.

Il continua de parler à Tonton. L'infirme toisa François Sauvage sans la moindre aménité.

— S'il y avait la moindre hésitation, son mensonge l'a dissipée.

Clémentine poussa un grand cri et se précipita dans les bras de sa mère.

— Je ne veux pas ! Vous n'avez pas le droit ! Il faut le remettre à la police !

— Tu parles, ma belle, s'emporta Henrico. La justice des tribunaux, quelle mascarade ! Douze jurés qu'il noierait dans ses salades et auxquels un avocat expliquerait qu'il s'agit d'une belle histoire d'amour ! Il serait foutu de s'en tirer avec une peine de prison !

— Vous n'avez pas le droit ! Pas le droit ! Pas le droit ! hurla Clémentine en secouant sa mère.

Elisabeth voulut la calmer, mais la jeune fille était devenue une véritable furie.

— Depuis le début, vous n'attendez que ça ! La mascarade, c'est vous qui la faites ! Vous l'avez frappé, déchiré, humilié, torturé ! Vous faisiez durer le plaisir !

— Emmène-la ! ordonna Angelo. Nous avons besoin de rester entre hommes !

Elisabeth ceintura sa fille.

— Sortons, dit-elle.

Mais Clémentine s'arc-bouta, en proie à une véritable crise de nerfs.

– Non ! Je ne veux pas ! Vous n'avez pas le droit de le tuer, Héléna l'aimait. Rien que pour cela, vous devez le laisser en vie !

— Viens ! dit Elisabeth.

— Je ne l'abandonnerai pas ! C'est impossible ! Je vous défends de faire une chose pareille ! Œil pour œil, c'est chez les sauvages seulement !

— Elle est chiante ! s'emporta Henrico.

Il souleva sa belle-sœur dans ses bras et, bien qu'elle se débattît énergiquement, la porta sur la véranda.

— Vous êtes des assassins ! Des assassins, tous !

— Et lui, alors, bon Dieu ! hurla Henrico.

Il lui avait crié dans l'oreille. Elle se tut.

— Venez vous occuper d'elle, maman ! lança-t-il à sa belle-mère qui s'attardait.

— Elle arrive ! répondit Angelo. Tu es d'accord sur la décision, Elisabeth ?

— Pleinement !

La mère d'Héléna fixa une dernière fois le peintre et sortit, sachant qu'elle garderait en elle son visage déchiré et son regard de bête mutilée. Le meurtrier de sa fille ! Elle ignorait encore si la mort de Sauvage l'apaiserait ou non, mais elle la voulait.

Elle rejoignit Clémentine et Henrico. L'adolescente semblait s'être calmée.

— Marchons, lui dit-elle en lui prenant le bras.

Clémentine se laissa entraîner.

CHAPITRE III

Avant de rentrer, Henrico alla chercher une longue corde dans la remise. Son beau-père fronça les sourcils en le voyant revenir nanti de cet accessoire.

— On n'a rien décidé à propos du mode d'exécution ! reprocha-t-il.

— Je ne vous dis pas le contraire, grommela le garçon.

Il souleva Sauvage de sa chaise et le tint au bout de ses bras.

— Qu'est-ce que tu leur fais donc, aux filles, avec ta sale petite gueule de lope, pour quelles s'intéressent à toi, hein ? Réponds !

François ne fit pas un geste. Il touchait sur le rouleau de corde passé à l'épaule d'Henrico.

— Peut-être qu'elles te trouvent beau, non ? Tu crois que tu es beau, Sauvage ?

— Ça dépend des yeux qui me regardent. Personne n'est beau pour tout le monde, personne n'est laid pour tout le monde !

— Ah ! bavard ! Salaud de bavard ! Tu es comme les curés et les assureurs : tout au baratin ! Pourquoi préfèrent-elles un beau parleur à un brave type, les singeries au courage ? Il est temps de te faire taire, décidément !

Il le fit reculer jusqu'au canapé. Le peintre buta contre le meuble et tomba assis.

— Mets les bras le long du dossier !

Sauvage allongea ses bras dans une posture de crucifié et Henrico le ligota.

— C'est là que tu l'as tuée, c'est là que tu vas mourir, Sauvage !

« Pas d'objection, père ? fit-il sans se retourner. »

— Non, mon garçon, aucune objection.

Henrico connaissait l'art des nœuds compliqués. Lorsqu'il eut achevé sa besogne, le meurtrier de sa femme était soudé au canapé.

— T'as une dernière chose à dire ?

— Non.

— Tu es bien sûr ? Il ne te reste pas un petit mensonge dans un coin de ta belle âme ?

François s'abstint de répondre.

— Ouvre la bouche !

— Pourquoi faire ?

— Ouvre-la, bon Dieu !

Sauvage garda les dents serrées. Henrico s'empara de ce qui restait de corde et lui cisailla la bouche jusqu'a ce qu'il se décidât à l'ouvrir. Il décrivit deux tours autour de la tête du peintre en faisant passer la corde entre ses deux mâchoires de manière à constituer un bâillon.

— Voilà, il ne parlera plus, cette fois !

Il s'était démené avec une telle vigueur que la sueur ruisselait sur sa face bronzée.

— Alors, vous deux ? demanda-t-il aux Tziflakos.

— Va chercher mon fusil, Henrico.

— Pourquoi *votre* fusil, père ?

— Parce que c'est *mon* fusil qui doit servir, mon garçon !

— Je pense plutôt que c'est le mien. Il a tué ma femme !

— Il a tué ma fille !

Ils se défièrent, galvanisés par la même détermination.

— C'est à moi d'agir, assura Angelo. Toi, ça aurait plutôt l'air d'une vengeance que d'une exécution ! Or c'est d'une exécution qu'il s'agit !

— Justement, s'indigna Henrico, en ce qui me concerne, il y a la vengeance en plus de vous autres ! Il a voulu séduire ma femme ! Ne l'oubliez pas.

— Dites donc, trancha Tonton, vous vous figurez que je ne suis plus capable de tenir un fusil ? Qui est l'aîné, ici ? C'est à moi que ça revient de droit ! A moi, et à personne d'autre ! J'ai toujours mon fusil dans ma chambre… Depuis le temps que je ne m'en suis pas servi.

Angelo et Henrico parurent hésiter. Puis le garçon leva la main.

— J'ai une bien meilleure idée. Attendez.

Il galopa jusqu'au premier.

CHAPITRE IV

Clémentine avait cessé de sangloter. Elle s'assit sur une borne de pierre, à l'extrémité de l'esplanade et à laquelle, autrefois, on attachait les chevaux. Un calme surprenant succédait à son agitation. Sa révolte prenait une autre forme. La raison prédominait.

— Maman ! appela-t-elle.

Elisabeth, qui se tenait debout contre elle, lui tapota la joue.

— Maman, tu n'as pas le droit d'accepter ça. On ne répond pas au crime par un autre crime ! C'est une notion de l'honneur qui est périmée. Quoi que François Sauvage ait pu faire, nous n'avons pas le droit de l'abattre froidement, comme on tue un chien enragé !

— Laisse ! fit Elisabeth, les mâchoires crispées.

— Il aimait Héléna et Héléna l'aimait, je le jure sur sa mémoire. Ça veut dire quelque chose, non ? Cet amour, il continue à travers lui, et tu acceptes qu'on le détruise aussi ? Alors, c'est que François a raison : tu n'as jamais rien compris à Héléna !

Elle l'avait appelé François tout court, et le malaise d'Elisabeth s'accentua.

— C'est le seul être qui se soit vraiment intéressé à elle, maman ! Le seul !

— Il a fini par la tuer !

— Si les choses se sont passées comme il le dit, c'est presque un suicide !

— Il n'existe pas de presque dans ce domaine ! On se suicide ou bien on vous tue ! D'ailleurs, toi-même, tu ne crois pas que les choses se sont déroulées de cette façon ! Il ment ! Il admet avoir menti. S'il ment sur un détail, il peut, il doit avoir menti sur le reste !

— Ainsi, tu ne lui accordes pas le bénéfice du doute ?

— Quel doute ? Il l'a tuée ! Ses aveux sont consignés de sa main !

Clémentine comprit qu'elle ne convaincrait jamais sa mère. Elle pensait au cimetière, à l'enterrement. Elle en arrivait à regretter ce moment si pénible. Il y avait le cercueil aux poignées étincelantes posé à même la terre rouge. Le prêtre récitait une dernière prière, flanqué de deux enfants de chœur amorphes. A travers son voile, elle cherchait instinctivement Sauvage, s'étonnait de ne pas le découvrir dans la foule. Elle le guettait encore au moment des condoléances, s'attendant à le voir surgir dans la file des assistants : mais il n'était pas venu aux obsèques. Après la dernière poignée de main, la famille était retournée au bord de la tombe. On venait de descendre la bière au fond du trou et des abeilles pillaient le pollen des gerbes.

— Ecoute, maman, tu vas aller leur dire quelque chose de ma part, aux hommes. Il vaut mieux que ce soit toi, car ils risqueraient de ne pas me prendre au sérieux.

— Que faut-il leur dire ?

— S'ils tuent François, je me tuerai ! Ce ne sera peut-être pas tout de suite, mais je le ferai ! Dans une semaine ou dans un mois, parole ! Je le ferai, tu sais ! Je le ferai ! Va leur dire, s'il n'est pas trop tard ! Va !

— Petite garce ! dit Elisabeth.

Elle se dirigea vers la maison, pressant le pas à mesure qu'elle s'en approchait.

*
* *

Lorsque Henrico déboucha de l'escalier, il tenait une brassée de fusils dans ses bras.

Il les déposa sur la table avec fracas.

Angelo avait compris, mais Tonton louchait sur les trois armes, d'un air effaré.

— Un vrai peloton d'exécution ! déclara le veuf. Et c'est pas tout !

Il s'approcha de la loggia ou était ligoté Sauvage, accorda un suprême regard à son rival et tira le rideau qui permettait d'isoler le réduit du reste de la pièce. Le peintre disparut.

— On va tirer tous les trois ! expliqua Henrico.

Il puisa dans ses poches des cartouches qu'il jeta en vrac près des fusils.

— Au juge ! Et chacun brûlera autant de cartouches qu'il voudra, elles sont toutes à chevrotine.

— Pourquoi à travers le rideau ? demanda Tonton.

— Pour ne pas le voir, pardi !

Henrico arma les fusils. Il procédait lentement, avec un soin de chasseur préparant une battue.

— Et pourquoi ne veux-tu pas le voir ? insista l'infirme.

Son neveu lui porta son fusil.

— Je ne sais pas, vous, mais moi, c'est le premier type que je vais abattre, dit-il en plaçant l'arme entre les mains du paralytique. La tête qu'il peut faire en recevant ces décharges ne m'intéresse pas ! Vous pouvez le tenir, ce fusil, Tonton ?

— Je peux ! assura le vieux.

— Et épauler ?

Tonton posa le canon de l'arme sur l'accoudoir de son siège et fit ensuite pivoter ce dernier de façon que le fusil soit braqué contre le rideau.

— Pas besoin d'épauler. Comme ça, ça ira !

Angelo débloqua le cran de sûreté de son fusil sans faire de commentaire. Un léger bruit attira son attention. Il regarda en direction de la porte et aperçut sa femme, à demi engagée dans la pièce.

— Et la petite ? lui demanda-t-il.

Elisabeth acheva d'entrer. La porte lâchée fit entendre son geignement habituel. La femme d'Angelo embrassa la scène d'un regard aigu. Elle vit le rideau tiré, les trois fusils, et déclara :

— C'est curieux, je ne voyais pas les choses ainsi. Enfin, ça vous regarde !

— Et Clémentine ? insista Angelo.

— Elle m'envoie vous dire que si vous abattez Sauvage, elle se tuera.

— J'ai horreur du chantage, fit Tziflakos sans s'émouvoir. Dis-lui de venir me raconter ça en personne, si elle ose.

Elisabeth repartit silencieusement.

— Une fessée ! aboya Henrico. Voilà ce qu'elle mérite. J'aime pas beaucoup le rôle qu'elle a joué dans cette histoire... Son silence, les empreintes essuyées et le reste... Les confidentes, je les crains comme la peste, surtout quand elles se mettent à parler.

— Ne t'occupe pas de ça, mon garçon !

— On opère tout de suite ?

— Je veux auparavant dire deux mots à cette gamine !

— Vous croyez qu'elle mettrait sa menace à exécution ? s'inquiéta Tonton.

Il caressait la crosse de son fusil. Une vieille crosse luisante d'usure dont il reconnaissait avec émotion le volume et le grain.

— Depuis quelques heures, je pense que toutes les femmes sont susceptibles de faire une bêtise, Constantin. Aucune n'est à l'abri du démon.

Henrico frappa du pied.

— Ainsi, vous allez vous laisser intimider par une petite idiote ? Eh bien ! pas moi, vous entendez ? Pas moi !

— Il n'est pas question de céder. Calme-toi !

Il fit signe soudain à Henrico de se taire. On entendait des cris venant du dehors. C'était Elisabeth qui appelait sa fille. Angelo posa son fusil et sortit.

— Clémentine ! Clémentine ! Où es-tu ? criait sa femme au fond de l'esplanade. Reviens ! Ne fais pas la bête !

Elle se tut. La nuit sereine restait sans écho.

— Elle a disparu ! lança Elisabeth à son époux en le voyant descendre le perron.

— Où crois-tu qu'elle soit allée ?

— Peut-être chercher du secours !

— Du secours pour Sauvage ?

— C'est mon avis. Est-ce que sa mobylette est sous la remise ?

Il alla regarder et vit scintiller l'engin dans la pénombre du hangar.

— Clémentine ! appela-t-il à son tour. Voyons ! Clémentine…

Et, machinalement, il ajouta : « C'est moi », comme si sa grosse voix où fleurissait encore l'accent grec pouvait être celle d'un autre.

Personne ne répondit.

Les époux se rejoignirent devant la maison. Henrico se tenait sur le seuil, son fusil pendant au bout de sa main droite.

— Elle a fichu le camp ?

— On le dirait !

— Elle reviendra, soyez tranquilles !

— Seulement, elle risque de ne pas revenir seule ! dit Tziflakos.

Henrico bondit.

— Elle nous ferait ça ?

— Dans l'état ou elle est, c'est très possible…

— Alors, faisons vite !

— Je prends la voiture, avertit Elisabeth.

Les hommes rentrèrent dans le *living*.

Ils attendirent le départ d'Elisabeth. Le ronflement de la DeSoto se fit entendre et ils virent passer les phares dans la baie vitrée. Puis les larges feux rouges disparurent au tournant du chemin.

— Qu'est-ce qu'on attend ? s'impatienta Henrico. C'est le moment, non ?

CHAPITRE V

— Tous ensemble ? demanda Tonton.

Sa voix semblait plus fêlée que de coutume.

— Evidemment, tous ensemble, dit Henrico. A quoi ça rimerait, sinon ?

Angelo avait une façon très particulière de chasser, une façon qui tenait un peu du numéro de cirque. Pour tirer, il conservait son fusil sous l'aisselle et élevait le canon avec sa main enveloppant la détente. La mire d'un fusil ne lui avait jamais servi. Il tirait d'instinct et faisait mouche presque à tout coup.

Il plaça la crosse sous son bras, son médius se logea dans la boucle métallique protégeant les deux détentes tandis que son index se posait avec légèreté sur la première de celles-ci. Il fixait le rideau fermant la loggia. Tout comme à sa femme, cette mise en scène lui déplaisait. Il soupçonnait son gendre de l'avoir faite non par pudeur, mais par sadisme. Derrière l'étoffe, Sauvage entendait tout. Il attendait cette mort promise sans savoir où la situer. Elle allait crever le rideau pour l'atteindre, le manquer peut-être une première fois et revenir le hacher.

Angelo pensait à la figure meurtrie du peintre... A quoi ressemblerait-elle après la mitraillade ?

— Je compte jusqu'à trois, prévint Henrico. Un..., deux...

Angelo jeta son fusil sur la table.

— J'en ai marre ! fit-il.

Son gendre resta bouche bée, puis il éclata :

— A cause de Clémentine ? Vous avez peur d'elle ? De sa menace ? Mais, sapristi, elle va nous mener par le bout du nez, si vous n'y prenez garde. D'ici six mois, c'est elle qui dirigera cette maison, je le sens !

— Il n'est pas question de Clémentine !

— Alors, quoi ?

— Je n'aime pas tout ce cinéma !

Il désignait le rideau et leur groupe ahurissant avec Tonton dans son fauteuil, crispé sur son vieux fusil.

— Vous préférez que j'ouvre le rideau ?

— Non. Je ne tirerai pas.

— Pourquoi ?

— Parce que je ne suis pas un assassin !

— Ah ! bon, la crise de conscience ! gouailla méchamment Henrico.

— Peut-être ! Appelle ça comme tu voudras.

— Le bourreau, selon vous, est un assassin ?

— Je n'ai pas la vocation de bourreau.

— Il a tué votre fille.

— Je ne l'oublie pas !

— Il y a un instant, nous nous disputions pour savoir qui l'abattrait. Vous entendiez tirer seul !

— Et probablement l'aurais-je fait !

— Qu'est-ce qui s'est passé, depuis tout à l'heure ?

— Du temps. Il m'a permis de réfléchir…

Tziflakos s'approcha de son fusil et le désarma.

— Mais ça n'engage que moi, mon garçon. Tirez tant que vous voudrez !

Il jeta les deux cartouches sur la table avec les autres. Elles sentaient la poudre, la chasse.

— Vous ne nous facilitez pas les choses ! fulmina Henrico.

— Deux fusils suffisent pour tuer un homme ! Et même un seul coup de feu, à condition qu'il soit bien administré…

— Je crois que tu as raison, dit Tonton. Tu veux me reprendre mon fusil, Angelo ?

Angelo saisit l'arme que l'infirme tenait à peine.

— Alors, c'est le grand dégonflage, hein ? glapit Henrico.

Il avait des sanglots rageurs dans la voix.

— Je pense, Henrico, que tes revendications de tout à l'heure étaient fondées : c'est à toi de faire ça !

— D'accord, c'est à moi !

Henrico s'approcha du rideau. Il épaula et, de la pointe de son canon, chercha à situer Sauvage au-delà de l'étoffe. Tonton ferma les yeux. Son menton touchait presque la pointe de son nez, lui donnant l'aspect grotesque de ces casse-noisettes représentant une tête d'homme. Angelo s'assit. Il éprouvait une violente tristesse. Une tristesse aussi physique que morale. Jamais l'absence d'Héléna ne lui avait été aussi pénible. Au bout de quelques secondes, comme le coup de feu ne partait pas, il releva la tête et considéra son gendre. Il le voyait de profil. Un tremblement agitait les épaules d'Henrico. De grosses gouttes de sueur coulaient sur sa tempe et il crispait tellement ses mâchoires que son maxillaire formait une bosse blanche au bas de sa joue.

— Ton fusil est enrayé ? demanda Tziflakos.

Henrico rentra la tête dans les épaules. Puis son fusil s'abaissa lentement. Un instant, il se redressa, mais ce fut pour retomber aussitôt, définitivement.

— Moi non plus, dit-il d'un ton effrayé. Moi non plus, je ne peux pas…

Angelo alla jusqu'à lui.

— On n'a pas à avoir honte, Henrico ! Nous sommes d'honnêtes gens et la vengeance n'est pas une chose honnête !

Il saisit le pan du rideau et ouvrit celui-ci d'un coup sec. Les trois hommes poussèrent un cri. Clémentine se trouvait debout derrière François Sauvage, blême, le nez pincé, morte de peur. Elle tenait l'une des mains ligotées du peintre et attendait avec lui la décharge.

CHAPITRE VI

Angelo vit la fenêtre de la loggia ouverte et comprit que sa fille était entrée par là. Sans un mot, il se mit à délier Sauvage.

— Misère de mes os ! bégayait Tonton qui ne surmontait plus son émotion. Misère de mes os ! Ce qui aurait pu arriver, tout de même !

La corde devint lâche et s'échappa de la bouche de François. Il semblait à ce dernier qu'elle l'avait cisaillé d'une oreille à l'autre. Il remua les mâchoires avec difficulté et promena sa langue à demi paralysée sur ses lèvres sanglantes.

— Merci ! dit-il simplement en se tournant vers Clémentine.

La jeune fille s'assit près de lui sur le canapé.

— Alors, il t'a eue aussi, hein ? soupira Henrico. Il a tué ta sœur, mais tu es tombée amoureuse quand même ! Oh ! ce que tout ça me dégoûte ! Y a donc que moi de pur dans le monde ? Grand imbécile que je suis !

Angelo marcha au téléphone et agita la manivelle de l'appareil mural. La standardiste de nuit répondit presque aussitôt.

— Donnez-moi la police ! fit Tziflakos.

Il eut une voix chantante au bout du fil.

— L'inspecteur Moussy est encore là ? demanda-t-il.

— Non, mais on peut le joindre.

— Alors, dites-lui qu'il vienne d'urgence chez les Tziflakos, le meurtrier de leur fille s'y trouve…

— Quoi ? s'effara le correspondant.

Angelo raccrocha sans autre explication. Comme dans les films, il regarda un instant l'appareil avant de se retourner. Des pensées confuses le hantaient. Pour la première fois, il se sentit au seuil de la vieillesse. D'ici cinq ans, ou peut-être dix, il serait un vieil homme, comme son frère. Les rhumatismes qui le tenaillaient par instants lui bloqueraient alors les jambes. Leur père déjà… Et, avant leur père, le grand-père Tziflakos avait été gisant pendant quinze ans dans son village de Macédoine, sur un véhicule que lui avait confectionné son fils et qui tenait de la brouette plus que du fauteuil orthopédique !

Pour Angelo, cela irait plus vite que pour ses aînés, il le pressentait. Mais il ne redoutait pas l'avenir. Elisabeth serait là, sèche et fidèle, pour l'assister.

— Dites, se lamenta Tonton, je ne me sens pas des mieux. Ça vous ennuierait de me mener coucher ?

Sans un mot, Henrico et Angelo se placèrent comme

chaque soir de part et d'autre du fauteuil qu'ils empoignèrent par les montants.

Quand ce serait au tour d'Angelo d'être rivé sur ce siège, se trouverait-il deux hommes forts dans la maison pour le monter dans sa chambre, ou bien devrait-on lui installer un lit dans le living ?

C'est la question qu'il se posait en escaladant l'escalier, marche après marche. Ce soir, Tonton lui paraissait beaucoup plus lourd…

Ils disparurent. Sauvage et Clémentine furent seuls.

— Pourquoi avez-vous dit que vous aviez tué Héléna ? demanda-t-elle en regardant droit devant elle.

On voyait la nuit à travers la baie vitrée, des étoiles aussi brillantes que les étoiles en strass décorant les cartes de Noël.

— Parce que je l'aime, répondit-il. Devenir son assassin, c'est tout ce qui me reste. C'est le seul lien collectif, officiel, qui me rattache encore à elle.

— Nous sommes aussi fous l'un que l'autre, dit-elle fièrement. Vous croyez que c'est parce que nous avons un tempérament artistique ?

La puérilité de la question le fit sourire.

— Tous les artistes ne sont pas fous. Clémentine. Du moins ne sont-ils pas fous de cette façon… Comment savez-vous que je n'ai pas tué Héléna ?

— Parce que c'est moi qui l'ai tuée, répondit-elle.

Le peintre ne montra aucune surprise.

— Oui, j'y ai pensé toute la soirée, depuis que vous m'avez couru après dans la cour. Je suis revenu m'accuser uniquement pour vous mettre en face de vos responsabilités.

— Je ne pouvais rien dire. Comment apprendre une chose pareille à mes parents ? Ils ont déjà enterré une fille aujourd'hui…

— Il ne faudra rien dire ! décida Sauvage. Comment cela s'est-il passé ?

— En allant à ma leçon de violon, je me suis aperçue que j'avais oublié ma partition. Je suis revenue la chercher. Vous étiez déjà là… J'ai assisté à tout…

— C'est-à-dire ?

— Héléna vous a demandé si vous l'aimiez au point de mourir avec elle. Vous avez répondu que oui. Alors, elle vous a tendu le revolver en vous disant : « Tuez-vous d'abord et je me tuerai ensuite. » Sans hésiter, vous avez saisi l'arme et l'avez portée à votre tempe. Vous alliez tirer. Elle l'a compris. Elle a crié : « Non, François, je vous aime ! », et elle a ajouté que c'était un test. Elle vous a embrassé longuement et vous a demandé de partir. « Dès ce soir, je parlerai à mes parents et j'irai vous rejoindre. Nous partirons, François. Je vivrai avec vous. Nous achèterons des poireaux ensemble, et nous prendrons des trains ensemble. » N'est-ce pas, qu'elle vous a dit cela ?

— Elle me l'a dit.

— Vous êtes reparti. Comme vous sembliez heureux, transformé ! Vous ne touchiez pas terre. Moi, je suis entrée. Héléna se trouvait sur le canapé. Elle jouait avec le revolver. Elle aussi paraissait heureuse.

« Tu t'imagines que le clan va te laisser partir,

Héléna ? », me suis-je écriée… Nous avons eu une discussion. Elle m'affirmait qu'elle ne pouvait plus vivre sans vous et qu'elle préférait se tuer plutôt que de vous perdre… Alors, je ne sais pas ce qui s'est produit…

On entendait les pas pesants des hommes, au premier, en train de placer Tonton dans son lit.

— Vous étiez jalouse d'elle ?

— Oui. Elle me défiait. Elle me disait : « Mais, ma parole, tu l'aimes aussi, petite crétine ! » Et alors, il y a eu le coup de feu, comme vous l'avez décrit tout à l'heure, à peu de chose près. Héléna était morte ! J'ai été incrédule un moment avant de réaliser l'horrible vérité. Je ne voulais pas que mes parents sachent. Pas pour moi, pour eux… Comment vous faire comprendre ?

— Mais je comprends très bien, Clémentine ! s'étonna le peintre.

— J'ai essuyé l'arme, je suis montée chercher ma partition et je suis repartie. Il y avait un autre élève avant moi dont la leçon a dépassé le temps prévu. Mon professeur est un vieux bonhomme qui ne marchande pas son temps. C'est lui qui s'est excusé de m'avoir fait attendre.

Il y eut un silence. Henrico et Angelo firent gémir les marches du haut.

— Il faut que je dise tout ? demanda-t-elle.

Il lut son effroi et secoua la tête.

— Mais non, Clémentine, puisque je vous dis que c'est mieux ainsi. Désormais, votre châtiment, ce sera de devoir vous taire, vous taire à tout prix, vous taire pour toujours…

Elle se mit à pleurer.

*
* *

L'inspecteur Moussy arriva une heure plus tard. Sa peau grasse luisait à la lumière électrique. Il semblait rance. En apercevant Sauvage couvert d'ecchymoses et de sang, son visage s'éclaira.

— Tiens donc ! On dirait que j'avais vu juste !

— Je vous avais menti parce que je tenais à lui arracher moi-même son aveu, déclara Henrico.

— Je n'aime pas beaucoup ça, grinça l'Arabe. Qui vous a permis de mentir à la police et de la suppléer ? Si vous n'étiez pas le mari de la victime, je…

Angelo lui tendit la confession de Sauvage.

— Ne nous emmerdez pas, inspecteur. C'est vous qui aviez démasqué le meurtrier, après tout, c'est la seule chose qui importe. Voici ses aveux écrits de sa main. Emmenez-le, j'ai besoin d'aller me coucher !

Moussy empocha le document après l'avoir lu. Puis il fit claquer les menottes sur les poignets de Sauvage.

— Je vous reverrai demain ! avertit le policier.

— C'est ça ! demain, répondit Tziflakos.

Moussy entraîna Sauvage vers la jeep rangée devant le perron. Avant de sortir, François se tourna vers les trois personnages alignés devant le canapé.

— Ecoutez, balbutia-t-il.

— Non ! trancha durement Angelo. C'est pas la peine ! Nous n'aurons jamais plus rien à nous dire.

Un peu plus tard, Elisabeth revint, très surexcitée. Elle se calma en apercevant sa fille.

— Ah ! bon, tu es là ! s'exclama-t-elle, soulagée. J'ai croisé une jeep en revenant, poursuivit-elle. Il m'a semblé que c'était celle de la police.

— Tu ne t'es pas trompée…

— Alors ?…

Elle reniflait, cherchant des odeurs de poudre et examinait le plancher pour s'assurer qu'aucune flaque de sang…

— Nous avons préféré cette solution, dit Angelo.

— Vous avez bien fait.

Elle s'approcha de sa fille et lui mit la main sur l'épaule.

— Et toi, où étais-tu passée ?

Clémentine demeura prostrée.

— Laisse-la ! conseilla Tziflakos. Il y a des moments où les filles ont besoin qu'on leur foute la paix !

Henrico haussa les épaules et monta se coucher sans dire bonsoir.

FIN

Achevé d'imprimer sur les presses de

BUSSIÈRE

GROUPE CPI

à Saint-Amand-Montrond (Cher)
en novembre 2000

FLEUVE NOIR
12, avenue d'Italie
75627 Paris Cedex 13
Tél. : 01-44-16-05-00

— N° d'imp. 2322. —
Dépôt légal : décembre 2000.

Imprimé en France